『ボヴァリー夫人』をごく私的に読む

自由間接話法とテクスト契約

芳川泰久
YOSHIKAWA Yasuhisa

ame Bovary

せりか書房

『ボヴァリー夫人』をごく私的に読む——自由間接話法とテクスト契約　目次

第Ⅱ部　テクスト契約

はじめに

私はフローベールの『ボヴァリー夫人』を新潮文庫に翻訳する機会に恵まれた。文学を生業(なりわい)にしている身として、フランス小説の歴史を変えたと言われるこの小説を訳すことじたい、貴重な体験だった。フランス小説のなかで、気になる小説を五冊あげるようにと言われたら、間違いなく、私は『ボヴァリー夫人』を入れるだろう。内外の別を問わず、小説というジャンルをこよなく愛してきた自分にとって、ただし、フローベールは大好きな小説家ではあっても、これを専門に研究対象にしてきたわけではない。しかも、日本のフローベール研究は、フランス本国のそれと比べても引けを取らない。いや、率直に言って、個人的にはそれ以上ではないかと私は思っている。なのに、翻訳を終えたとたん、この小説を訳した体験を通して気づいたことを語っておきたいと思うようになったのだった。

この翻訳体験は、このように『ボヴァリー夫人』を読みたかったのだな、とあらためて気づいたプロセスでもあった。翻訳という作業によって、いったい『ボヴァリー夫人』の何が垣間見えたのか？　それが、この本のささやかな試みであり、私にとって、翻訳という体験を抜きには考えられない試みである。そのような意味で、これは私的な『ボヴァリー夫人』論である。『ボヴァリー夫人』の翻訳を通して、私は困難な問題にぶつかった。それは、おそらく決定的な答えなどないたぐいの疑問であろう。それこそ、フローベール本人にでも訊くよりほかないのかもしれない。だが、そうしたとしても、おそらく作者本人にも答えようがない種類の疑問ではないか。そのような疑問だからこそ、また自分で見つけた疑問だからこそ、それに、自分なりの答えを提出してみたかったのである。たとえそれが門外漢のつぶやきだとしても、少なくとも自分なりの応答を試みたかったのである。

私はそうした疑問につかまえられてしまった。そして、それらの疑問のいくつかは、決して大きな問題ではない。しかしながら、『ボヴァリー夫人』を翻訳するとなると、それは必ずしも小さな問題でもない。本書は、そのように私が翻訳に際して遭遇した疑問にどう答えるかを試行し、翻訳という遅々とした再読のなかで考えた記録のようなものである。本書を書くことじたいは、訳了してからの作業となったが、実質的には翻訳の速度で読みながら身体のなかにため込んだものを、あとからまとめたものだ。音楽にちなむ比喩で言えば、原曲の楽譜(テクスト)をどう読んでタクトを振るのか、という指揮者の解釈作業に近い変奏の幅しかないのかもしれない。しかしその変奏(よみ)の幅に、決定的にその人が出る。私にとって、その読みの幅は「どう読むか」の問題であるとともに、なによりも徹底して読み方の速度の問題であるように思う。その読み方こそ、翻訳をしながらゆっくり読む、というものにほかならない。だから本書は、その速度が私に何を読ませてくれたかの報告書のようなものでもある。

翻訳という体験を除いては、これから差しだす読みはあり得なかった。言い方を変えれば、翻訳をするとは、単に一つの言語から別の言語に越境する体験ではなく、言葉を移す体験を通して、原作が内包している問題を突きつけられ、同時に読む自分の内包している問題にさらされる体験でもある。そして私は、どこかに置き忘れてきた過激なテクスト論者である自分を見いだしたのである。誤解しないでいただきたい。これを機に、今後、過激なテクスト論をやろうというのではない。『ボヴァリー夫人』を訳すことで、かつてそうありたいと願っていた過激なテクスト論者がようやく息を吹き返したのである。そしてそれは、おそらく本書だけの姿であろう。「私的」という感触がこの本につきまとうのは、いまようやくそういうことを「私的」に書ける、という意味である。私にとっては、テクスト論を行うことは私的な営みなのだ。そういう意味で、この翻訳を通して、置き忘れてきた自分を少しずつ見いだす結果にもなった。研究をするとはどういうことかも、批評をするとはどういうことかもわからない、というよりまだ関心のない、ひたすらテクストに向き合って、そこに秘められた可能性に向き合っていたころの若い自分がひょっこり現れてきたのである。表面的にはそう見えないものの、その奥には過激な姿があったのである。

『ボヴァリー夫人』をごく私的に読む――自由間接話法とテクスト契約

第Ⅰ部　自由間接話法

第一章　「そして」に遭遇する

最初に逢着した問題

仏文科の学生だったとき、はじめて『ボヴァリー夫人』をフランス語で読んだ。日仏学院でのブロック・坂井先生の授業だったと思う。書棚から見つけたそのときのテクストには、余白にフランス語がびっしり書き込まれていた。原文には触れたものの、そのときには何がこの小説で問題なのかよくわからなかった。ほかの小説との違いがわからなかったのだ。その後ふたたび、『ボヴァリー夫人』をフランス語で読み直した折には、その問題点を知識としては承知しているのに、なるほどそういうことかとまでは腑に落ちなかった。文字として目にしているのに、すんなり私の頭に入ってこなかった。それからだいぶ時間が経過した。そのあいだにフランス語の教師となり、フランス小説を教えるようになり、文学さえ教えるようになった。不思議なことに、今回、翻訳することになって、あらためて『ボヴァリー夫人』を読み直したとたん、学生時代によくわからなかったことがすとんと腑に落ちた。いささかキツネにつままれた思いをしたが、時間が経つとはこういうことかと妙に実感もした。

腑には落ちたが、翻訳するにあたって、これをどのように日本語に移したらよいのか、という別の問題に私は突き当たった。翻訳することを意識したとたん、視界に浮上してくる問題である。それも、フローベールに頻出する表現にかかわる事柄をいったいどう翻訳するのか、という問題が立ち上がってきたのだ。その一つが、et〔そして〕というフランス語をどう処理するか、である。英語で言えば、and。意味なら、間違いようもない接続詞だ。しかし、その間違いようのない単語でも、小説テクストのなかに表現として収まると、別の相貌を見せてくる。いつでも「そして」と訳せばいいとはかぎらない。逐一、これをどう日本語に移すか、判断を迫られる。

しかも、フローベールの小説には、この et〔そして〕が頻出する。少なくとも、私が訳した『ボヴァリー夫人』にかぎって言えば、これが滅茶苦茶に多い。犬も歩けば棒に当る、と言うが、『ボヴァリー夫人』を訳せば、「そして」に当る。そんな冗談が口をついて出てしまうくらい「そして」が多い。しかし、ここが重要なのだが、不必要な「そして」は一つもない。一見、これはなくてもよさそうに見えるが、フローベールが意図していたらしい文体を忖度すると、やはり必要な「そして」なのだ。Mais〔しかし〕という逆説の接続詞についても、同様のことが言える。一見、逆説ではどこにもつながらないように見えて、よくよく考えると、その逆説が生きてくる水準のようなものがちゃんと存在する。

他の小説家の文と厳密に比べたわけではないが、これまでいろいろと訳した体験で言えば、フローベールの文はet〔そして〕の頻度が断トツに高い。この頻出するetをどのように訳すか、このささやかな問題に、しかし場当たり的には処理できない問題に、翻訳を開始した私は何よりもまず逢着したのである。

プルーストの文体模写

このet〔そして〕という接続詞がいかにフローベールの特徴なのかを示す別のテクストがある。別の？　とはどういうことかといえば、プルーストの『模作と雑録』に収められた九篇の「ルモワーヌ事件」と題された短いテクストにほかならない。プルーストが、何人かの先行作家の文体を模写していて、じっさいに世間を騒がせた「ルモワーヌ事件」をそれぞれの作家になりきって書き分けた一種の文体模倣の試みである。

じっさいの事件の顛末はこうだ。技師のルモワーヌは、ダイヤモンドの製造法を見つけたと出資者を信用させて、工場まで作らせたが、じつはその製造したというダイヤモンドは、その出資者が会長をつとめるデ・ピアス社の南アフリカにある鉱山から出たもので、そうしたスキャンダルを通じて同社の株を暴落させ、それを底値で買って儲けようとたくらんだのだった。ルモワーヌはつかまったものの、新たな実験をすると言って仮釈放されると、ただちに逃亡し、それでも結局とらえられ、逃げてから数カ月後には懲役六年の実刑を言い渡されている。プルースト自身が同社の株を所有してこともあって、この事件に関心を持ったのか、その事件の一部を、何人かの作家の文体模写として残したのである。その模写の対象になった作家の一人がフローベールで、プレイヤッド版で三ページほどの「フローベールによるルモワーヌ事件」が書かれたのだった。

その模作に、色濃くフローベールの文体の特徴が刻まれていて、その一つが et〔そして〕にほかならない。「模写」の冒頭の二つの文のうちに、さっそくその特徴(クセ)が現われている。その特徴をはっきり示すために、ここは拙訳で紹介する。冒頭から、ルモワーヌの裁判の光景である。

熱気が息苦しいほどになり、鐘が鳴り響くと、ハトたちが飛び立ち、そして、裁判長の命令ですべての窓が閉めきられているので、ほこりの臭いが広がった。裁判長は老人で、道化師みたいな顔をし、恰幅のよい身体に窮屈すぎる法服をまとい、そして、煙草の名残で汚れているむらのない頬ひげが、その風貌全体にどこか装飾的な下卑た印象を与えていた。[1]

引用した文は、句点（ピリオド）の位置をきっちり原文に合わせているが、その冒頭の二つの文に、すでに二つも「そして」etが出てくる。訳者によっては、訳文に反映させないたぐいのものだ。現に、プルースト全集版の訳者は恩師の平岡篤頼先生だが、この二つの「そして」は訳出されていない。たしかに、「そして」は訳文を冗長にする。訳していないぶん、平岡訳は引き締まったものになっている。しかし、文脈にかかわるような意味を担っていないにしても、「そして」がテクストに記されている以上、そこには単に意味内容に還元できない何かがあるはずだ、というのが私の立場である。作家のクセ、とひと言では済ますことのできない効果（エフェクト）があるのではないか。あえていえば、意味内容に還元できない文の形式（フォルム）を尊重する立ち位置であり、翻訳を通して、私はそこに立っているのだと実感した。

現にフローベールは、若いときに恋人になった年上の詩人ルイーズ・コレに宛てた手紙（一八四六年九月十八日）で、「〈芸術〉の世界において〈美〉は形式（フォルム）からにじみ出てくるものなのです」（工藤庸子訳・以下同様）と言っているほどだ。形式（フォルム）から生じるものに、フローベールがこのように敏感だとすれば、文章のなかに「そして」etを書き加えることのうちには、意味内容には還元できない形式から生まれる何か（エフェクト）がある、と考えることが許されるだろう。

ただし、そうした形式（フォルム）の意図や働きを正確にとらえるのは難しい。小説家が口をつぐんでいる以上、至難でさえある。しかしそれを試みようとするのが、本書である。そして、ひと言付け加えれば、いま掲げた「フローベールによるルモワーヌ事件」に出てきた二つの「そして」は、どちらも「そして」と訳しておいたが、厳密に言って、原文では同じとは言い難い。最初の「そして」は《,et,》（つまりヴィルギュール〔カンマ〕に挟まれたet）であり、二つ目の「そして」は《;et》（ポワン・ヴィルギュール〔セミコロン〕につづくet）である。この句読法の差異を、どう訳し分けるのか？

厳密には異なるものを、とりあえず同じように「そして」とここでは訳しておいたが、じつは忸怩たる思いが私には強くある。というのも、こちらの立ち位置からすれば、句読点の差異といえども形式の差異である以上、その効果（エフェクト）は異なるはずである。だから、その効果の差異に向き合わねばならない。それなのに、とりあえず同じ「そして」という訳語を与えざるを得なかったからだ。

良き慣用に反して

フローベールの偏愛する「そして」について、貴重な指摘をしているのはまたしてもプルーストである。私の読んだかぎりで言えば、プルーストほどフローベールの文を深く読んだ小説家はいない（もうひとり、ナボコフも忘れてはいけないが）。そしてその指摘には、フローベールの「そして」をめぐってきわめて重要な示唆がふくまれている。「フローベールの『文体』について」

という一文こそ、まさにその貴重な指摘の宝庫にほかならない。

「そして」etという接続詞は、フローベールの作品において、文法が割り当てる目的をまったく有していない。「そして」は、一声でつづく音節（シラブル）全体内での休止を示し、一つの場面を分割する。すなわち、だれもが「そして」を置くだろうあらゆるところで、フローベールはこれを削除してしまう。だから多くの見事な文章が裁断され、手本となっている。「（そして）ケルト人たちが懐かしむのは、自然のままの、雨模様の空の下にある、小さな島々があちこちに点在する湾にある三つの石だった。」（私はそらで引用しているが、あちこちに点在する（rempli）ではなくて、ばらまかれたように（semé）だったかも知れない。）「それはカルタゴ郊外の、メガラにある、ハミカールの庭園でのことだった。」「ジュリアンの父母は森のただなかの、丘の中腹の、ある城に住んでいた。」たしかに、前置詞の多様さが、これらの三つの要素からなる文章に美しさを添えている。だがこれとは違った区切り方をするほかの文章にも、「そして」は絶対に出てこない。次の文は（別の理由から）すでに引用している。「彼は旅をし、船旅の憂鬱を、テントの下での肌寒い目覚めを、風景や廃墟を目にしたときの陶酔を、中断された共感の苦痛を知った。」別の作家なら「そして中断された共感の苦痛を」としただろう。だがまさにそうした「そして」を、フローベールの優れたリズムはふくまないのである。[2]

フランス語をはじめ、欧文脈を考慮しないかぎり、これはいささかわかりにくい話ではないか。要するに、フランス語の通常の用法がet〔そして〕を求める箇所では、フローベールはこれを使用しない、そうした慣用となっている使い方をひたすら拒む、と指摘しているのである。フローベールの文のリズムが、その種の慣用的なet〔そして〕をはさむ余地を与えない、とさえプルーストは言っている。

では、et〔そして〕が慣用的に用いられる場合とは、どのようなものなのか？　フランス語には、名詞（句）でも、形容詞でも、前置詞の付いた状況補語的なまとまりでも、しばしば三つを一まとめにする。「三つの要素からなる文章」とは、そのことを指している。その三つ目の直前に、慣用では、必ずet〔そして〕を置くようにと言われる。プルーストがそらで差し出すフローベールからの例文では、「自然のままの、雨模様の空の下にある、小さな島々があちこちに点在する湾にある」という修飾部の三つ目、つまり「小さな島々があちこちに点在する湾にある」の前に、「そして」を置くのが普通である（日本語では、倒置で処理しないかぎり、その三つ目の修飾部が文の最後には収まらないが）。この「そして」が、最後の修飾部であることのシグナルとなる。外国人がフランス語の作文をする場合なら、必ずそこにet〔そして〕を入れること、とオブリゲーションぎみの指導が入る。

それから、同じように四つの名詞のまとまりがつづく場合にも、通常、最後の四つ目の名詞の前にet〔そして〕を置くように指導される。プルーストの差し出す文例で言えば、「船旅の憂鬱を、テントの下での肌寒い目覚めを、風景や廃墟を目にしたときの陶酔を、中断された共感の苦痛を」という箇所がそうである。この四つの名詞のまとまりを受けて、彼は「知った」とつながるのだが、その四つ目の「中断された共感の苦痛を」の直前に、正書法ではet〔そして〕を入れなければならない。

　これがフランス語の、いわゆる良き慣用（ボン・ユザージュ）である。しかしフローベールは、そうしたフランス語の慣用や正書法に従わない。だれもが書くようには、書かない。そのように求められている箇所には、et〔そして〕を断じて置かない。それだけでも斬新で大胆な試みなのに、この小説家は「一声でつづく音節（シラブル）全体内での休止」として「そして」etを刻み、「一つの場面を分割する」ようにet〔そして〕を刻む。つまり、通常、「休止」を入れずに一声で連続して読むまとまりに「そして」を入れ、「場面」を分割するというのだ。それはじつに通常の使用法とはかけはなれている。「そして」というありふれた接続詞の使い方ひとつをとっただけでも、フローベールがいかに自分なりの文章にこだわったか、その彫琢ぶりがわかるだろう。それも、だれもが用いる約束としての慣用や正書法の薦める方向に逆らって、自らの文をつくったのである。

フローベール的な、あまりにフローベール的な

プルーストの指摘には、まだつづきがある。いったいどのようなときに、フローベールは「そして」を使うのか。そのことについて、プルーストはこう述べている。

反対に、だれも使うとは思わないようなところで、フローベールは「そして」を使う。それは、場面の別の部分がはじまるというしるしのようであり、引き返してゆく波がふたたび形成されるしるしのようだ。じつにまずい選択ではあるが、まったく思いつくままにあげてみる。「カルーゼル広場は閑静なたたずまいを見せていた。ナント館はいつもとかわらずそこに寂しく立っていて、そして、後のほうに家々が、正面にルーブルの丸屋根が、右手に長い木の回廊などが灰色の空気のなかにまるで溺れているかのようで、云々、一方、広場の反対側の端には、云々」。要するに、フローベールにおいて、「そして」は常に副次的な文をはじめるのであり、列挙の最後に付くことはほぼ絶対にない。[3]

ここで、「常に副次的な文をはじめる」といわれる「そして」は、プルーストの文体模写「フローベールによるルモワーヌ事件」に出てくる二種類の「そして」のうちの後者のほうであ

る。この「そして」を原文で表記すれば《;et》〔ポワン・ヴィルギュールにつづく「そして」〕となる。これが「常に副次的な文をはじめる」、とプルーストは指摘するのだが、じつは最もフローベールに特有の「そして」でもある。

『ボヴァリー夫人』のいたるところに、この種の「そして」が見られるが、たとえば、やがて見ることになる「農業共進会」の場面にも、この「そして」は使われている。だれもいない役場の二階の会議室でエンマがロドルフに口説かれるページで、この「そして」〔;et〕が見られた。ここで紹介すれば、「そうして彼女はだるさにとらえられ、ヴォビエサールでワルツを踊ってくれたあの子爵を思い出し、そのひげからもロドルフの髪と同じヴァニラとレモンの匂いがし、そして、無意識にまぶたを半ば閉じてもっとよくかごうとした。」という傍点を打った箇所である。たしかに、傍らにいるロドルフの頭髪に、かつて招待された舞踏会でワルツを手ほどきしてくれた子爵と同じ匂いを感じたという文から、「副次的に」次の文が繰り出されているが、そのあいだに、「そして」〔;et〕は置かれている。次の文が、無意識のうちにエンマがまぶたを半ば閉じ、さらにその匂いをかごうとするという新たな動作を告げているのであれば、プルーストの言うように、この「そして」は「場面の別の部分がはじまる」シグナル、「引き返してゆく波がふたたび形成される」シグナルになっている、と言えるだろう。

フローベールはこの「そして」を多用する。じつはいまの箇所の直後の省略したところでも、この種の「そして」は使われている。「あの黄色い馬車に乗ってレオンはじつによく自分のほうに帰ってきて、そして、あそこに見える道を通ってあの人は永久に行ってしまった！」（Ⅱ・8）というように。土ぼこりを上げながら走る乗合馬車を見たエンマが、かつて密かに思いを寄せたものの、その恋心を伝えられずに別れた若いレオンを思い出し、さらにそのレオンがパリへと「永久に行ってしまった」と悔やむ場面である。そのレオンを想起する場面から、何も告げずに青年をパリに行かせてしまった後悔への転換点に、この「そして」〔et〕が蝶番（ちょうつがい）のように置かれているのだ。

それくらい頻繁に、このタイプの「そして」は用いられている。一つのことを伝えた文が終わり、ピリオドを打ってもいい箇所で、ふたたび新たなことを伝える文をはじめるとき、フローベールはこの種の「そして」〔et〕を置く。そこで文を止めてもよい、しかしいったん休止したあとで、その文を再開する。そのときにこの種の「そして」が用いられるのだ。おそらく別の作家なら、そこにピリオドを打って、二つの別のことがらを伝える文にしてしまうだろう。そのような状況で、フローベールは、セミコロン付きの「そして」によって中断をもたらし、同時に、継続をも可能する。停止と運動、という背反する効果（エフェクト）が託された「そして」と言えるだろう。そのような「そして」を、この作家はなぜ偏愛したのだろうか？

ナボコフの慧眼

そこで私が思い出すのは、ナボコフの『文学講義』（邦題『ヨーロッパ文学講義』）の『ボヴァリー夫人』を論じたページである。とりわけ、「文体」と題された箇所だ。しかしながら最初に読んだとき、ナボコフの指摘が実感できずに、そういうものか、くらいの調子で通り過ぎていた。そして今回の翻訳に際して、この「そして」〔et〕をどのように処理したらいいかと考えているとき、忽然（こつぜん）と私はその指摘を思い出したのだった。このような箇所である。

ゴーゴリは自分の『死せる魂』を散文詩と呼んだが、フローベールの小説もまた散文詩である。もっとも、ずっときめの細かいすばらしい構造（テクスチャー）をもつ、さらに見事に書かれた散文詩ではあるが。ただちに問題に入るために、何よりもまず私が注意を惹いておきたいのは、フローベールがセミコロンのあとに置く「そして」という語の用い方にほかならない。（このセミコロンは、英訳本では用を足さないコンマにときどき取り替えられているが、われわれはそのセミコロンを元どおりにもどすとしよう）。この「セミコロン―そして」semicolon-and は、動作や状態や事物の列挙のあとに来る。そのとき、セミコロンは休止をつくりだし、つづけて「そして」がその段落を完成させ、最高度のイメージとか鮮烈な細部（ディテール）を導き入れるのだが、それは、描写的だったり、詩的だったり、憂鬱だったり、あるいは愉快だったりする。これがフローベールの文体独自の特色にほかならない。[4]

ナボコフの言う「セミコロン―そして」こそが、われわれが問題にしてきた「ポワン・ヴィルギュール付きのそして」にほかならない。ナボコフはいみじくも、「これがフローベールの文体独自の特色にほかならない」と言い切っている。私も『ボヴァリー夫人』を訳してみて、これをどう処理するか、原文の《;et》が持つ効果（エフェクト）を損なわずにどう日本語に移すかが、フローベールの翻訳のポイントの一つだと実感したのだった。この《;et》をいい加減に素通りすることはできない。ナボコフによれば、それは「動作や状態や事物の列挙のあとに来」て、「セミコロンは休止をつくりだし」、ついで「『そして』がその段落を完成させ」、さらにつづいて「最高度のイメージ」や「鮮烈な細部（ディテール）を導き入れ」るという。そしてその細部は「描写的だったり、詩的だったり、憂鬱だったり、あるいは愉快だったりする」。この「事物の列挙」とは、私の見るところ、事物の描写の連なり、連続的な事物の提示ということで、単に事物を示す名詞が列挙されているのとは違う。「動作」というと、人間の動きに限られるが、事物の動きもふくまれ、動くもの、運動するものもそこにふくまれるように思う。要するに、運動や状態や事物の記述のあとに、この「セミコロン―そして」〈;et〉が来ると、「セミコロン」のつくる「休止」

を経て、描写的だったり詩的なイメージや細部を、あるいは憂鬱だったり愉快なイメージや細部を導き入れ、段落をしめくくる。そのことを指して、プルーストは、この「ポワン・ヴィルギュール付きそして」が「副次的な文をはじめる」と言ったのだが、その「副次的な文」とは、ナボコフの表現によって補えば、描写的だったり詩的だったり感情にかかわる細部（イメージ）を提示している、と考えることができるだろう。目利きの小説家が二人そろって、この「セミコロン—そして」〔;et〕をフローベールの文体の特徴としてあげているのだ。

それもあって、私はこの問題を素通りできなかった。では、これをどう訳したらよいのか？ところがそれは、この「そして」〔;et〕単独では決められない。というのも、私の見るかぎり、『ボヴァリー夫人』には大きく分けて少なくとも三通りの「そして」があるからで、その三つをどれも「そして」と訳出したら、いま紹介したセミコロン付きの「そして」の効果（エフェクト）が台無しになってしまう。だからセミコロン付きの「そして」の翻訳方針を確定するには、残る二つの「そして」を見ておかねばならなかった。

冒頭の「そして」

では、残る二つの「そして」とはどのようなものなのか。そのためには、この二つの「そして」を私がどのように訳し分けたかを同時に語らねばならない。その一つは、文章の冒頭に出てくる「そして」である。したがって、このEt〔そして〕は大文字ではじまり、そのうちの多くは、段落が切り変わって、改行された最初に出てくる。『ボヴァリー夫人』にはこれまたふんだんにあるが、一つ実例をあげよう。第Ⅱ部の後半、シャルルが宿屋の手伝いイポリットの足の手術に失敗し、いったん別れたエンマとロドルフがふたたび縒（よ）りを戻すことになる章に、女中のフェリシテの作業を見に薬局を抜け出して来た見習いの小僧ジュスタンが、代わりにエンマの靴をみがく場面があって、そのまさに段落が変わった冒頭に「そして」が登場している。

そしてたちまち、小僧はドアの縁のほうに手を伸ばしてエンマの靴をとったが、その全体が泥——逢い引きの泥——まみれで、指で触れると粉になって剥（は）がれ落ち、彼は日射しを浴びながら音もなく舞い上がるほこりに見入った。（Ⅱ・12）

段落冒頭の「そしてたちまち」（傍点引用者）が、このタイプの「そして」〔Et〕にほかならない。ちなみに、靴についた「泥」〔crotte〕という語を辞書で引くと、最初に出てくる意味は「糞」とか「クソ」である。エンマはロドルフとの逢瀬で、愛人の住む館までの徒歩による往復によって「泥」を靴全体に付着させ、小説家はこれを「逢い引きの泥」と呼んでいるが、それは同時に「逢い引きのクソ」でもあって、エンマの靴には、小説家が付与した言外の意味（アイロニー）がちゃんと付着しているのだ。「逢い引き」に「クソ」を接近させること。その接近を、小説家の皮肉の付与と見ることができるだろうが、あとで詳しく触れるように、ここには「泥」という固体の粉末化（蓮實重彦によれば「気化」）という生成変化がとらえられていて、そのことじたいフローベールの想像力にとってきわめて重要なファクターとなっている。

　そして私は、この種の冒頭の「そして」に、文章を牽引してゆく一種の推進力のような働きを感じ取っている。すぐにも思い出される個人的な光景がある。私が小学生のときの作文の時間だ。じつは、私は作文が苦手だった。苦手とさえ意識できずに、大嫌いだったのだ。遠足などに行って帰ってくると、必ず書かされた。運動会の後でも書かされた。だから原稿用紙の升目（ますめ）（当時はそうだった）は、私にとって気づまりそのものだった。原稿用紙を前にしただけで、筆が進まない。小学生の私にとって、作文の宿題は何よりの苦痛の種でしかなかった。もう正確な内容や文言は覚えてはいないが、鎌倉に遠足に行った後だったと思う。例によって、作文の宿題が出て、私は書き出すのに四苦八苦し、困り果てた。そして、何とかこれなら書いて行けるかもしれない、と編み出したのが、文をはじめる前に「そして」を書くことだった。はじめに「そして」を置くと、次から次に行ったことを書くことができた。この「そして」のおかげで、前に書いたこととの関係や脈絡を気にしなくて済んだのだろう。前に書いたことを展開する必要もなく、私は比較的すらすらと作文をすることができた。いきなり最初の文から「そして」を付けはしなかったと思うが、「そして」ではじまる文章が並んだことは確かだ。「そして観光バスに乗りました。そして鎌倉に着きました。そしてお弁当を食べました。」といった調子である。後年、ワープロが登場したとき、手書きから解放されて、どれほど爽快だったか。さらに、パソコンに変って、その文章がどんなに長くても、順序を自由に入れ替えられるようになって、気分がいっそう解放されたときの軽快感に似ている。要するに、小学生のとき、作文の原稿用紙の升目を埋めるのがじつに苦痛で、そこで自分なりに発明したのが、文章のはじめに「そして」を添えることだった。だから、担任の先生に褒められたことなどまるでなかった。作文が苦手な子供にとって、文頭の「そして」は次の文をとにかくはじめることができる魔法の言葉だったのである。

もちろん、それと同じレベルでフローベールを論じるつもりはない。ただ、小説家のタイプとして、フローベールは、どんどん湧いてきた言葉をそのまま書き付けるバルザックのようなタイプの作家ではなかった。丹念に必要な事項を調べ上げ、文じたいにも推敲を重ねるせいも手伝ってか、むしろ遅筆の小説家である。遅筆タイプだから、書く前に延々と資料を積み上げたのかもしれない。だから、書き出すリズムをつける働きの「そして」を文の冒頭に、段落の冒頭に置いたのではないか。作文の苦手だった私の素朴な推測である。そしてそこには、文脈にかかわるような意味は付与されていない。そうだとしたら、この「そして」は訳さなければならない。「そして」がなくても、意味に支障はないし、日本語の文章としても、ないほうが引き締まるかもしれない。しかしフローベールは形式（フォルム）にこだわった小説家であり、特別な意味内容は託されていなくても、そこには文をはじめるという形式（フォルム）がある。文頭とは、それだけで明らかに形式（フォルム）にかかわっていて、その形式（フォルム）は無視できない。文を推進し、書くことを切り開いてゆく「そして」を、だから省くことはできない、と私は考えたのだ。だからこの「そして」を、そのまま文頭の位置で「そして」と訳出することにした。文章をろくに書けなかった小学生時代の体験が、そこにはこっそりと忍び込んでいる気がした。

三つ目の「そして」

三種類目の「そして」もまた、われわれはすでに目にしている。プルーストの文体模写を紹介した文にふくまれていたのだ。「フローベールによるルモワーヌ事件」に出てくる二つの「そして」のうち、最初の「そして」である。その箇所をふたたび引くと、「熱気が息苦しいほどになり、鐘が鳴り響くと、ハトたちが飛び立ち、そして、裁判長の命令ですべての窓が閉めきられているので、ほこりの臭いが広がった。」と訳した文のなかほどに出てくる「そして」である。これを原文で表記すると《,et,》となる。カンマに挟まれた「そして」で、視覚的にはインパクトのある「そして」と言える。

正直に言うと、私は翻訳の方針を決める際に、この「そして」を前にしてじつに困ったのだった。この「そして」の何よりの役割は、小休止である。セミコロン付きの「そして」に比べると、文章の単位のいっそう小さな部分と部分のあいだに置かれていることがほとんどだ。私の印象では、「そして」というより、「で」くらいの感じだ。この「そして」の用法の多くは、単にそこに、小休止を入れるためのものだが、その小休止には、もちろん形式(フォルム)上の意味が対応しているに違いない。しかしながら、最初にとりあげたセミコロン付きの「そして」に比べ、それが置かれるまでの前半（必ずしも分量的に半分とはかぎらない）と後半の転換点を担うような働きはない。プルーストの模写文にあるように、この「そして」がつなぐ部分どうしが、文の構成要素としては等位にあることがほとんどで、その使い方はフローベールの場合、徹底していて、例外がすぐには思い出せないほどだ。模写文でいえば、「ハトたちが飛び立ち」と「すべての窓が閉められている」を小休止とともに結ぶ「そして」である。等位というのは、たとえば〈主語＋動詞〉という部分（節）に、ふたたび〈主語＋動詞（ときに動詞の現在分詞）〉という部分（節）が順番に付加される、というほどの意味である。文のなかで、同じ要素のもの（等位のもの）を、小休止を入れながらつなぐということだ。

私は考えた。これを、そのつど読点を付して「、そして、」と訳していると、セミコロン付きの「そして」と、すなわちフローベールの文体の大きな特徴だと二人の小説家に指摘された

「そして」と、区別がつかなくなるのではないか。というのも私は、このセミコロン付きの「そして」〔;et〕のほうを「、そして、」と句点ではさんで訳すことで、停止と運動という背反する二つの効果（エフェクト）を示そうと考えていたからだった。だがこの二つの「、そして、」をともに訳出したら、訳文が完全に同じになって、それぞれの効果が台無しになる。その際、この三つ目の「そして」〔,et,〕の担う、節と節を小休止でつなぐ、という役割のほうがフローベールの文章全体に及ぼす影響力が小さい、と私は判断した。とすれば、あえてこの「そして」〔,et,〕は訳出しなくてもいいのではないか。私はそのような判断に傾いたのだった。より大きな特徴を生かすために、小さな特徴を捨象したことになる。三番目の「そして」を「、で、」などと訳して試行錯誤してみたが、どうにも日本語の文として落ち着かない。しまりのないだらけた文になるので、そのほうがフローベールらしくない、とも考えたのだった。

こうして、三種類の「そして」の訳し方の方針は固まった。文頭の「そして」〔Et〕はそのまま「そして」と訳し、最も特徴的な「そして」〔;et〕は「、そして、」と句点ではさんで訳し、三つ目の節と節のあいだに小休止を入れる「そして」〔,et,〕はあえて訳出しない。それが、翻訳に際して私を捕捉した「そして」問題への応対となったのである。

だが、これでこの問題が片付いたわけではない。私はフランス語の「句読法」の、とりわけ「ポワン・ヴィルギュール」（セミコロン）の使い方が気にかかったのである。「句読法」に照らして、もう一度フローベールの文体の最大の特徴である「そして」（et）を確認する必要がある。そう思った私は、その種の文法書にいくつも当って、ようやく一つの参考になる文書に突き当たった。ジャック・ドリヨンの『フランス語句読法概論』（ガリマール社、tel叢書）である。

大学では、「ポワン・ヴィルギュール」（セミコロン）とは「ポワン」（ピリオド）と「ヴィルギュール」（カンマ）の中間と教わる。そこで文章を止めることもできるし、つないでつづけることもできる。たしか大学一年の初級文法では、そのような説明だけでさっさと通り過ぎてしまった。以来、自分がフランス文学を生業（なりわい）にするようになっても、やはりそれ以上の説明をせずに、英語の「セミコロン」と同じ、と言って次の文法項目に移っている。しかしフローベールの原文に、翻訳を意識して向かい合ったとき、この「ポワン・ヴィルギュール」は重要だな、ここで場面も話法も切り替わることが多い、とすぐに気づいた。フローベールの文が、いかなる小説家の文よりも「ポワン・ヴィルギュール」に重要な役割を担わせている文だったのだ。そしてその働きを、とりわけ文体的な効果（エフェクト）を、私はプルーストやナボコフの指摘を意識することで、さらに的確に理解したのだった。

しかしそれでも私は、いささか原理的に、文法学者や言語学者のきちっとした説明を読んでおきたいと思った。そうして手繰り寄せた本の一つが、『フランス語句読法概論』である。私は勢い込んでページをめくり、第九章「ポワン・ヴィルギュール」をじっくり読みはじめた。冒頭に、語源の説明があり、つづいて歴史順に文法家や辞書編纂者の定義が載っている。その一つに、信頼できる「フランス語辞典」でおなじみのエミール・リトレ（一八〇一―一八八一）の説明が掲げられていた。いわく、「ポワン・エ・ヴィルギュールとは、句読記号で、文法的にではなく論理的に文章の従属的な要素どうしを切り離すために用いられる。（……）ポワン・ヴィルギュールは、ヴィルギュール（カンマ）よりも強い中断を示す」。このあとに参照されている文法学者グレヴィス（一八九五―一九八〇）の定義では、「ポワン・ヴィルギュールは、中程度の中断を示す。一つの文のなかで、少なくともすでにヴィルギュールによってさらに分割されている文の部分どうしを切り離すために、あるいは、ある程度の長さを持つ同じ性質の節どうしを切り離すために用いられる」とある。要するに、一つの文のなかに、中断（休止）を導き入れ、同じ性質の節と節を切り離す、ということだ。文章を、そこで止めることもできる、という初級の説明と食い違うわけではなく、節と節の中断と分離ということか、と私は文法学者の定義を確認し、理解した。

そのあとに、細かな説明（というか、ニュアンス）が例文とともに付け加えられている。私の目を最も引いたのは、その二番目の項目「ポワン・ヴィルギュールはつなぐのであって、切り離さない」というのもそれは、それまでに掲げられた諸家の定義とは真逆だったからだ。グレヴィスは「同じ性質の節どうしを切り離すために用いられる」とはっきり定義していたではないか。なのに、この項目の説明を読んで行くと、「グレヴィスの定義の言葉は不正確で、異論の余地がある」と書かれている。要するに「ポワン・ヴィルギュールは一つの文の諸部分を少しも切り離しはしない。これを使うことによって、著者は反対に、文のなかの諸部分をつなぐという断固たる意志を示している、そうした諸部分の共通した、というか分割できない性質を示す意志を表している。[6]」とジャック・ドリヨンは言うのだ。

　グレヴィスとドリヨンの説明は、真っ向から対立する。切り離すとつなぐ。切断と連繫。しかし、これはどちらかが間違っているというたぐいの説明ではなく、両方がそれぞれに正しいのだ。「ポワン・ヴィルギュール」は、文のなかの諸部分（節と節）を切り離す、と同時につなぐのだ。ドリヨンは、そのつなぐ働きとニュアンスを付加したにすぎない。私が初級のフランス文法の時間に受けた説明で言えば、「そこで文章を止めることもできるし、つないでつづけることもできる」と重なる。そこで文を止めることができる、とは、そこで文（正確には節）を切り離すことができる、ということだ。そして「つないでつづけることもできる」とは、切り離されているように見える「文のなかの諸部分をつなぐ」ということだ。「ポワン・ヴィルギュール」という符号の成り立ちそのものが、「ポワン」と「ヴィルギュール」という異なる二つの符号にあるために、そうした方向の異なる機能と役割が維持されているのだろう。切断（休止）と連繋（連続）だけを、意味として向き合わせれば矛盾ということになるだろうが、そうした異なる役割をあわせ持つ重層的な符号を偏愛することじたい、むしろフローベールの思考や想像力の趨勢（ありかた）にかかわっているのではないか。私はそのように、フランス語の句読法の概論を読みながら、真っ向から食い違う説明に、フローベールの想像性を加味して考えることで、納得したのである。

「そして」スイッチ

ところで私は、このセミコロン付きの「そして」ほど、フローベールの思考や想像力の働き方に馴染（なじ）むものはないと考えるようになった。そこで文章を切断してもよく、同時に、そこで文章をつなぐこともできる。切断と連繋、休止と連続である。それは、相反する趨勢を同時に実現している。そうした二つが同時に実現されている状態、異なる位相が同時に重なり得る状態。それがどこかでフローベールの想像力の発現の仕方に関係しているのではないか。これは、セミコロン付きの「そして」というごく小さな文章の事象から、フローベールを、少なくとも『ボヴァリー夫人』の想像力の様態を眺めたときの、期待に充ちた私の一種の予測のようなものにすぎない。もっと簡単に言えば、希望的観測ということになるだろう。句読法のような極小から、想像力のような極大に一筋の脈絡を通すこと。もちろん、そんなものは通らないかもしれない。その可能性と不可能性のあいだに、『ボヴァリー夫人』を読むという私の行為がある。

　そして私は、こうしたフローベール的な「そして」〔et〕から、一つのイメージを受け取った。「切る」と「つなぐ」、という方向を異にする働きを同時に重ね持つことから、いわばオンとオフが同時に成り立つようなスイッチを連想したのである。現実に、オンとオフが同時に成り立つスイッチがあれば、片方のオンの働きを通して電気が流れてしまうのだろうが、意味の世界においては、想像力の世界においては、オンとオフが同時に働くとは、それぞれが個々に同時に成り立つことだけを意味するとはかぎらない。異なる二つの事態が重なることで、そのどちらでもない新たな事態が出現する。そんなスイッチを、私はこのフローベールの「そして」〔et〕にちなんで、「そして」スイッチと名づけようと思う。

　とすれば、そのような「そして」スイッチが働いているとはどういうことなのか？　これまで見たなかから例を拾えば、私がすぐ思い起こすのは、エンマの家に上りこんで女中フェリシテに話しかける薬局の見習いジュスタンが、その場に居つづける代わりに、エンマの靴をみがく場面である。そのときフローベールは、靴全体に付着した泥を、「逢い引きの泥」と呼んだ。しかし、その「泥」を示すのに crotte という語を選ぶことで、それが同時に「逢い引きのクソ」

という意味を帯びる。エンマの靴は、逢い引きに行くために泥だらけになっているが、それは同時に「クソまみれ」になってもいる、ということだ。もちろん、小説の表面上は「泥まみれ」であり、それとは異なる位相で、小説家はこの逢い引きを「クソまみれ」にしていて、そこにいわばアイロニーの層を付与している。その二つの異なる意味の重なった状態をこそ、小説や文学においては読み取らねばならない。そしてそのような重層的な効果もまた、「そして」スイッチが働いている状態、と考えることができるだろう。それは、単独の状態や意味の在り方を異化するスイッチにほかならない。間違っても、単なる両義的な単語を使用したにすぎない、などという多義性の問題に還元すべき問題ではない。そして、フローベールは想像力のフィールドにおいても、このスイッチが働くのか、働くとすれば、どのように働くのか。そのことが、確認できればと思っている。

第二章　「自由間接話法」体験

学生時代のトラウマ

　どのように翻訳したらよいのか、と私が突き当たったもう一つの問題は「自由間接話法」である。「自由間接文体」とも呼ばれるが、同じものを指す。なぜこれが問題になるかと言えば、「自由間接話法」に相当するものが厳密には日本語文法にはないからだ。それでも、欧米の言語からの類推で、日本の現代文学においてもときに、作中人物の思いや考えを、直接話法によって伝えるのではなく、「彼女は～と思っていた」などと間接話法的に説明するのでもなく、語り手の地の文にうまく溶け込ませて語る場合を指して、自由間接話法的と言ったりすることがある。だがそれは、厳密な意味で、日本語文法に「自由間接話法」があるということではない。はっきりと日本語にもこの話法が存在するなら、話は簡単である。「自由間接話法」をこのように訳せばいい、という基準（スタンダード）がないから、訳者はそれぞれ工夫を強いられる。

ところで、私には、この「自由間接話法」をめぐって学生時代の苦い記憶がある。一度も口にしたことなどない。「自由間接話法」は、フランス語の中級文法に登場するのだが、私がじっさいに出会ったのは、学部の三年生のころだったのではないか。文法事項の説明はクリアにわかるのに、例文によってその輪郭をつかもとするると、するりとこちらの手のあいだを抜けてしまう。まるでウナギでも素手でつかもうとしているようで、まだるっこさだけが長く残った。フランス語を教えるようになって、いつの間にか、習うより慣れよ、で経験的に理解していた。わかったうえで見れば、中級文法の説明はその通りなのだ。それでも、その説明と「自由間接話法」の例文のフランス語とのあいだには、わかっている人にしかわからないような何かがある。うまく言えないが、そんな気がする。不幸にも学生時代の私は、そのような印象を「自由間接話法」からしばらく拭えなかった。

自分の記憶と印象だけに頼るのではなく、正確さを期そうと、私はかつての参考書のたぐいを探しまわった。学生時代に住んでいた部屋から、何度も引越しを繰り返しているので、いまの書庫には見つからない。処分したのかもしれないが、それさえ記憶にない。しかし、当時の文法説明につかみどころのなさを感じていた私は、最終的に、勤務する大学の図書館から、記憶のなかの参考書をいくつか借りてきた。該当ページの説明を見ると、その一つには、こうあった。

「もっとも、自由間接文体は客観的な《地》の文章と区別のつけにくい場合もあり、その辺が読解力の試金石でもあるのですが、もともとこの文体は多少の曖昧を伴う自由さを狙ったものですから、一概に地の文と線を引けないところに魅力があるとも言えるのです、字句を補って完全な間接話法のように訳すのは論外ですが、さりとてあまり直接話法に引きつけて訳したのでは原文の呼吸を伝えられません。[1]」

「多少の曖昧を伴う自由さを狙ったもの」で、「一概に地の文と線を引けないところに魅力がある」と言われても、学生だった私は、はっきりと地の文とのあいだに線を引きたいと思ったし、第一、例文を見ると、「自由間接話法」と指摘されているものが出てくるのは地の文ではないか。地の文に出てくるのに、「一概に地の文と線を引けないところ」が「魅力」だと言われたら、地の文から自由間接話法を見きわめられないではないか。学生だった私は困り果てた。まだはっきりと線を引けない学生が、どうやったらすっきり線を引けるのだろう。困った私は、別の中級文法書に当ってみた。そこには、こうあった。

「自由間接文体は客観的な地の文の文章と区別がつきにくい場合も間々あるが、もともと曖昧さに基く自由さこそこの文体の生命なのだから、よけいな字句を補って間接話法そのままに訳すのは論外だし、さりとて直接話法に引きつけて訳したのでは原文の呼吸は伝わらなくなる。[2]」

「曖昧さに基く自由さこそこの文体の生命」と言われ、「間接話法そのままに訳すのは論外だし、さりとて直接話法に引きつけて訳したのでは原文の呼吸は伝わらなくなる」と言われては、「原文の呼吸」に憧れを抱いてなんとかこれを理解しようとしていた学生には、もともと近づき得ない領域にある文法事項なのか、と半ば諦めにも似た気持になり、自由間接話法はやたらと難しいものだという先入観だけが残った。間接話法として訳してもだめ、直接話法に引きつけて訳してもだめ。いったい「自由間接話法」をどう訳せというのか？　説明を読んだ私は、ますます困ってしまった。そして例文に添えられている訳文を読むと、主語の部分は間接話法のように訳してあるようだし、動詞の時制はどうも直接話法のように訳してあるようで、私は一種の二重拘束（ダブル・バインド）にとらえられてしまった。一種の思考停止である。それが、抜け出すのに時間を要した学生時代に私の抱え込んだトラウマにほかならない。

風車に突進した私

私がいま、この話法を学生たちに説明する時どうしているかと言えば、難しい文法項目だとは決して言わないようにしている。勝手にそう思い込んだ自分に懲りているからであり、その後の自分の体験から考えて、「自由間接話法」が難しいとは必ずしも思っていないからだ。次に、これが出てくるのは地の文で、日本語文法には相当する文法事項はないから、訳文は翻訳家によって開きがある、と告げる。しかし自分にとっては、そこで話法が変わったということがわかることが重要だと考えるから、そのような訳文を心がけている、と付け足す。その意味で、話法が切り替わったことが訳文に出ていれば、問題ない、ただ経験から、間接話法に近づけて訳すと、話法の切り替わりが見えてこない場合が多い、完全な直接話法に直して訳すと、話法が変わったことは見てとれるが、この話法じたいのニュアンスからはだいぶ離れてしまう、などと告げる。かつて、参考書を読んで、必死に「どう訳せば正解なのか」ばかり考えてしまった学生時代の自分への反省がどこかにあるのだろうが、かつての参考書と同じことを言っている自分に唖然とする。やはり、ほかに言いようがないのだ。それでも、地の文で起こっている話法の切り替えがわからないような訳文は、できたら避けたい。もっとも、それじたいこの私の判断でしかない。

そもそも、この話法の目印となる特徴は単純である。間接話法の文から、導入部分の主語と動詞（「彼は……思った（思う）」とか「彼女は……言った（言う）」）を省く。「と思った」の「と」に当る接続詞 que（英語では that）も落とす。つまり、そのあとに残る間接話法の「……」の部分だけを、そこに使われた人称・時制・法にはまったく手をつけずに残せばできあがり、となる。「自由間接話法」をつくるとき（そんな体験はフランス語で小説でも書かなければ訪れないだろうが）、間接話法の que（that）より後の部分を、そのまま残せばいいのだ。だから、原理的にすごく簡単である。学生時代の私は、風車を巨大な敵だと思い込んだドン・キホーテのように、「自由間接話法」を難解な文法事項だと思い込んだのだった。

学生時代の私は、それでもこの話法を少しでも理解したいと思った。その結果わかったのは、フローベールがこの話法を方法論的に大量に用いたということ、この話法についてフランス語ではじめて言及したのは、スイスの言語学者シャルル・バイイだということだった。それは一九一二年にドイツの雑誌『月刊ゲルマン・ロマンス語』に発表されたということまでわかったものの、その雑誌の論文、つまりはじめて「自由間接話法 le style indirect libre」という呼称が使われた論文には当時はお目にかかれなかった。私は否応なく、フランス小説を原文でひたすら読むことで、「自由間接話法」を納得するしかなかったのだ。自分の思い込みのせいで、遠回りをしたな、という思いはある。しかし他方で、文法書に頼りっきりになるのではなく、フランス小説を読み漁る体験から、気がつけば「自由間接話法」の効果も使われるタイミングもわかるようになって、だからその遠回りを、必ずしも悪いものではないな、と思う自分もいる。『ボヴァリー夫人』に出てくる「自由間接話法」をどう処理するかを考えながら、私は学生時代のそんな記憶まで思い起こしていた。

「自由間接話法」とは？

ここでフランス語を参照することをお許しいただくとして、学生たちに「自由間接話法」を教えるとき、私はこんな例文を黒板に三つ書くことにしている。導入部分の主語と動詞は「彼はぼくに言った」という意味で、そのあとの従属節は三つの節（主語と動詞からなる部分）を持つ。それぞれ、「自分は足をくじいた」、「ベッドにいなければならない」、「そちらに行けない」という意味である。それを(a)直接話法、(b)間接話法、(c)自由間接話法で示すと、こうなる。

(a) Il m'a dit: Je me suis foulé le pied, je dois garder le lit, je ne viendrai pas.
彼はぼくに言った。「私は足をくじいてしまい、ベッドにいなければならず、そちらに行けない。」

(b) Il m'a dit qu'il s'était foulé le pied, qu'il devait garder le lit, et qu'il ne viendrait pas.
彼は、足をくじいてしまい、ベッドにいなければならず、そちらに行けない、とぼくに言った。

(c) Il m'a dit qu'il s'était foulé le pied; il devait garder le lit, et ne viendrait pas.

彼はぼくに、自分は足をくじいてしまったと言い、ベッドにいなければならず、そちらに行けない。

(a)の文は引用符（ギユメ）（二重山カッコ）がないものの、大文字でじかに言われたことが示されている直接話法であり、(b)は間接話法である。だから、節が新たになるたびに、que（母音の前ではqu'）を繰り返す。そして(c)の文が自由間接話法をふくむ文だが、じつは文の途中で、間接話法から自由間接話法に切り替わっている。(c)の三つの節に注意すると、最初の節は間接話法なのに、途中の《;》（ポワン・ヴィルギュル〔セミコロン〕）を境に、それにつづく二つの節からは接続詞 que が省かれ、間接話法だけがそのまま記されていて、これが自由間接話法の文になっている。じつはこの例文をつくったのは、スイスの言語学者シャルル・バイイで、はじめてフランス語で自由間接話法に言及したその人にほかならない。自由間接話法（文体）という呼称も、バイイによる。その論文は「現代フランス語における自由間接話法」[3]（一九一二年）に書かれていて、授業では、そこに書かれていることを紹介しながら、私は自由間接話法をめぐる歴史に話を移す。

かいつまんで説明しよう。「古典的な言語（おおよそ、十七世紀から十八世紀の言語と考えてよい〔引用者・補〕）では、この自由間接話法はずっと例外として扱われているが、文法は通常、そうした古典的な言語に基盤を置くので、ほぼ完璧にこの話法についてはあずかり知らない。一方、この話法はここ最近の百年来、文学言語において大きく広まってきた」（五五〇頁）とバイイは言っている。つまり、この論文が一九一二年に発表されているから、ほぼ十九世紀になってから使用されだした話法を、あとからバイイがその事象について指摘したということだ。バイイがフローベールの例文も引用しながら説明しているのは、そうした事情による。そもそも「両極の話法（直接話法と間接話法・補）のあいだの一種の中間項」（五五二頁）として、この自由間接話法は見いだされた。面白いことに、それも「文学言語」のなかで、はっきり言えば小説のなかで使用され、広まってきたのだ。小説や物語を書く技術の工夫として、両極の話法からの移行形態として書き手が実践的に発明してきたものだ。小説執筆の使用のほうが理論的な説明より先なのである。バイイによれば、自由間接話法には「喚起による効果」（六〇四頁）があって、「文体的なしるし」のようなものだという。「思いや言葉を写真のように活写する」という説明もなされている。参照した文で言えば、「彼」が「ぼく」に自分の思いやメッセージをできるだけいきいきと伝える効果を出したいときに使用される。小説では、語り手が作中人物の発話や言葉や思いを地の文にいきいきと盛り込もうとして、この話法特有の直接話法の「言葉づかいを真似ようとする」（六〇四頁）効果を利用するのだ。

要するに、自由間接話法は、語り手が地の文に作中人物の言ったことや思いを導き入れる際に用いられる。それは、むしろ地の文に作中人物の言葉や思いが混じりあう形で姿を見せる、というより実感的には、地の文に姿をくらませているのだ。カンマやセミコロンを境に、一つの文の途中からこの話法に切り替わることもあれば、一つの文が終わって、新たな文としてこの話法がはじまることもある。感嘆符などの目印になる符合が付く場合もあるが、そうした目印が何もない場合もある。過去における現在を示す半過去の時制が多いので、ふつうの客観描写や説明と区別がつかない。もちろん、半過去にかぎられてはおらず、作中人物が自分の言葉を発したり思い抱くときに使用した時制が、地の文を支配する過去と時制の一致を起こしているので、通常の間接話法の時制の一致に出てくる時制はすべて使用可能となる。

私はバイイの言葉を目にしたとき、大いに勇気を得て、何か吹っ切れたような気がした。というのも、学生のころ、文法書で「さりとて直接話法に引きつけて訳したのでは原文の呼吸は伝わらなくなる」と自分に叩き込んでいたからである。たしかにその通りだが、私は必要以上にそのように思いなしていたのかもしれない。直接話法ではあり得ないものの、その言葉づかいを真似ようとしている、とバイイの論文に読んだとき、私は目から鱗(うろこ)が落ちた。私は確信を深め、この話法は間接話法ではあるが、直接話法の言葉づかいに近づけて訳そうと決めたのだった。つまり、地の文で使われる過去形の時制に縛られず(つまり、語り手より先に言ったり思ったりした作中人物がどういう時制を使ったかを逆算すると、ほとんどが現在か現在完了になる)、一人称にはしない（そうすれば完全な直接話法になってしまう）、かといって、三人称のままにもしない（そうしたら、単なる間接話法になってしまう）。じつに隘路にほかならないが、私はなんとかそのように訳す努力をしようと、バイイの論文に背中を押されたのである。

既訳比べ

それまで、「自由間接話法」の翻訳をどう処理するかで迷っていた私は、バイイによって翻訳の基本方針は定まったものの、では具体的に、『ボヴァリー夫人』をどう日本語に移すのか自問しながら、手元にある既訳をぱらぱらとめくっていた。なかでも比較的最初のほうでまとまって自由間接話法の文が出てくる『ボヴァリー夫人』第I部一章の最後の部分を、いくつかの訳で比べてみる気になった。私は既訳の処理の仕方が気になったし、訳者によるヴァリエーションにも興味を覚えたのだ。最初に原文[4]を示すと、こういう風になっている。

Elle se plaignait sans cesse de ses nerfs, de sa poitrine, de ses humeurs. *Le bruit des pas lui faisait mal; on s’en allait, la solitude lui devenait odieuse; revenait-on près d’elle, c’était pour la voir mourir, sans doute.* Le soir, quand Charles rentrait, elle sortait de dessous ses draps ses longs bras maigres, les lui passait autour du cou, et, l’ayant fait asseoir au bord du lit, se mettait à lui parler de ses chagrins: *il l'oubliait, il en aimait une autre! On lui avait bien dit qu'elle serait malheureuse;* et elle finissait en lui demandant quelque sirop pour sa santé et un peu plus d'amour. (p.67-8. 強調引用者)

引用の最初の文は「彼女は絶えず神経か、胸か、気分についてすぐれないと訴えていた」という意味だが、この最初の妻の「訴え」た内容(ことば)が、次の文で自由間接話法に置かれている。その文は五つの節(主語+動詞)からなるが、それがすべて自由間接話法になっている。三つ目の文は「夜になってシャルルが帰宅すると、シーツの下から痩せこけたひょろ長い両腕を出し、彼の頸のまわりに回してきて、ベッドのへりに座らせてから、彼に自分の苦しみをぶちまけ」までが通常の地の文で、コロン〔:〕を境に、妻のぶちまけた苦しみの言葉がふたたび自由間接話法の文で示され、四つ目の文の前半まで、それがつづき、セミコロン〔;〕でふたたび通常の地の文にもどって、「そして、最後には、体調のために何か薬用シロップを所望し、もう少したくさん愛してくれと求めた。」で、引用が終わる。つまり、イタリックにしてある文が自由間接話法である。私は、文庫になっている既訳を比べだした。

神経がどうの、胸がどうの、気分がどうのと泣きごとをいい通す。足音がしても気分にさわる。人が行ってしまうと寂しくてたまらないくせに、傍へ戻ってくると、「おおかた私が死ぬと思って見にきたんでしょう」と言った。晩にシャルルが帰ってくるとシーツの下からやせ細った腕を出してシャルルの首に巻きつけ、ベッドの辺（へり）に引きすえて、あなたは私というものを忘れて、よその女をおもっているのだとか、私はかならず不幸になると人に言われたことがあるとか口説（くど）き立てた末は、かならず滋養のために舎利別（しゃりべつ）といま少しの愛とを求めるのであった。（Ⅰ・1）（伊吹武彦訳[5]）

恥ずかしながら、「舎利別」という語が私の語彙にはなかった。辞書を引いた。すると、「オランダ語の siroop の音訳」で、「白砂糖を煮詰めた濃厚な液、シロップ」と出ていた。その辞書には、野上弥生子の『真知子』から、例文まで引かれていた。なんだ、と思いながら、「シロップ」に慣れてしまっている自分には、この教養が欠けていることを思い知らされた。と同時に、一方で、私より後の世代には、もう「舎利別」は理解不能だろうとも感じた。古語に近い。言葉の選択とは、時間という波をいやでもこうむるものだな、翻訳など、まだ定まってはいない未来の時を見定めて言葉を選ぶ必要がある、なのにその未来の方向がどっちに向かうか選ぶ時点では確実にはわからない、と複雑な思いもした。しかしいま肝心なのは、そこではない。自由間接話法の訳し方だ。二つ目の文の「足音がしても気分にさわる。人が行ってしまうと寂しくてたまらないくせに、傍へ戻ってくると」までは、見事な訳文で、私は感服したが、それにつづく箇所が、カッコまで付した完全な直接話法に置き換えられている。要するに、「おおかた私が死ぬと思って見にきたんでしょう」というところだ。だから、直接話法のカッコが終わると、「と言った」と補わざるを得なくなる。しかし、原文にはこの導入動詞の部分がない。それがないからこそ、この部分が自由間接話法なのだが、日本語にするむつかしさはそこにある。「と言った」をつい付けてしまい、完全な直接話法に直してしまうことだ。もう一つの自由間接話法の部分を見ると、かぎカッコこそないが、原文がil（彼）なのに「あなた」と訳され、同じくelle（彼女）なのに「私」と訳され、完全なカッコ抜きの直接話法になっている。話法が変わったことははっきりわかるが、原文じたいは直接話法に変わったわけではない。人称を変えてしまうのはどうだろう、と私は考えた。いくらバイイが、この話法には直接話法のような効果があるとは言っても、自由間接話法は、その言葉にあるとおり、人称も時制も法も間接話法なのだ。私は自分の立てた翻訳の方針がいかに難しいかを感じていた。では、もう一つの翻訳を見ることにしよう。

しょっちゅう神経や胸の気分のぐちをいう。足音で気分がわるくなる。そばにいないと、さびしくてやりきれぬといい、そばにもどると、あたしの死にぎわが見たいのね、とくる。

夜シャルルが帰ってくると、彼女はシーツの下から痩せた長い腕を出して、夫の頸（くび）にまわし、彼をベッドのふちにすわらせて、ぐちっぽいことをいうのだ。あたしを忘れてよその女を好きになっているとか、どうせあたしは不幸な女だと前にもいわれたとか。はては、からだのために少し舎利別（しゃりべつ）をくれといい、も少しかわいがって、とくるのだった。（Ⅰ・1）（生島遼一訳[6]）

かぎカッコはないものの、やはり自由間接話法の部分が、「あたしの死にぎわが見たいのね」というようにelle（彼女）を「あたし」と訳して、直接話法で処理している。その結果、「さびしくてやりきれぬといい」のように、「といい」という導入動詞が補われてしまう。つづく「とくる」というのも、新種の導入動詞である。後半の自由間接話法も、「あたしを忘れてよその女を好きになっているとか、どうせあたしは不幸な女だと前にもいわれたとか」というように、「あたし」という原文にはない一人称で処理されていて、直接話法になっている。自由間接話法の処理は、どうしても直接話法になりやすい。私は、この話法の手強（てごわ）さのようなものを感じながら、もう一つの翻訳を手繰った。

たえず神経か、胸部か、気分かについて愁訴があり、足音がしただけで気持が悪くなったりした。人が向こうへ行けば、孤独に堪えかね、そばへもどれば、「わたしが死にでもすればいいと思って見に来たんでしょう」と言った。晩にシャルルが帰宅すると、シーツの下からやせ細った腕を延ばしてシャルルの頸(くび)を巻き、ベッドのへりに腰かけさせて、あなたはわたしのことを忘れて、よその女を思っているとか、以前にわたしはきっと不幸になる定めだと人に言われたのが今にして思い当たるとか泣きごとを並べたあげくは、滋養のためのいくらかの薬用シロップと、もうすこし多くの愛撫(あいぶ)を求めるのだった。(I・1)(山田爵訳[7])

最初の文は、「愁訴があり」というように、句点(まる)ではなく、読点(てん)で処理され、次の文につづけている。そのせいか、つづく自由間接話法の文が「気持が悪くなったりした。」というように、過去時制で処理されてしまい、通常の地の文と読めてしまい、自由間接話法だとは訳文からは気づけない。そのあとも、「わたしが死にでもすればいいと思って見に来たんでしょう」というように、「わたし」という一人称で処理され、カッコ付きの直接話法に変えられている。だからそのカッコを、「と言った」と導入動詞を補って訳さざるを得ない。たしかに、そう処理すると、訳文は落ち着くのだが、原文の自由間接話法には、この導入動詞の部分がない。後半の自由間接話法の文も、「あなたはわたしのことを忘れて、よその女を思っているとか、以前にわたしはきっと不幸になる定めだと人に言われたのが今にして思い当たるとか」というように、一人称と二人称に置き換えられていて、カッコのない直接話法で処理されている。

要するに、私は自分の翻訳方針がいかに困難なものかを噛みしめていた。こちらが訳文でやろうとしていたのは、この導入動詞を書き足さずに、人称については三人称として訳すのでも一人称に引きつけて訳すのでもなく、動詞の時制（たいていは「過去における同時」の用法である）をフラットに現在にして、それで日本語の文として成立させようとする、じつに危うい試みなのだ、とあらためて認識させられた。それでも、幸い、日本語では、主語を曖昧にしても、文脈から推測されることが多い。三人称を一人称に変えるより、場合によっては、主語や主体を省略してもいいかもしれない。自由間接話法に残されている人称どおりに訳すと、日本語では、いやでも間接話法のにおいが強く残ってしまう。かと言って、直接話法に訳しては、自由間接話法のニュアンスが消えてしまう。そこで私は、自由間接話法の主語は、文脈でわかるかぎりあえて訳さない、という方向性をつかんだのだった。そして、時制をどうフラットに訳すかと言えば、過去における現在なら、単に現在に訳せばいい、つまり間接話法の時制の一致の処理でなんとかしのげるのではないか、と考えたのだった。

しかし自由間接話法を維持しようとすると、なんともぶっきらぼうな訳文になってしまう。なにしろ、文の途中で話法が変っていて、その両方を一つの文に納めるのだから。それでも私は、そのリスクを冒すことにして、試しに、その方針で自分の訳文を作ることにした。

彼女は絶えず神経か、胸か、気分についてすぐれないと訴えていた。足音がしただけで具合が悪い、いなくなれば、一人にされて我慢できない、そばにもどれば、死にそうか見にきたのね、たぶん。夜になってシャルルが帰宅すると、シーツの下から痩せこけたひょろ長い両腕を出し、彼の首のまわりに回してきて、ベッドのへりに座らせてから、彼に自分の苦しみをぶちまけはじめ、自分なんか忘れて、ほかの女を気に入っているのだわ！　自分は不幸になると言われていたとおりね、そして、最後には、体調のために何か薬用シロップを所望し、もう少したくさん愛してくれと求めた。（Ⅰ・1）（拙訳）

私は、自由間接話法の二箇所を、それぞれ「足音がしただけで具合が悪い、いなくなれば、一人にされて我慢できない、そばにもどれば、死にそうか見にきたのね、たぶん」と訳し、「自分なんか忘れて、ほかの女を気に入っているのだわ！　自分は不幸になると言われていたとおりね」と訳した。前半の文については、主語は文脈からわかるので訳出しなかった。時制も、基本的にフラットにした。後半の文については、三人称を直接話法の一人称に近づけるために、私はelle「彼女」と訳す代わりに、「自分」という便利な言葉を思いついた。日本語では、「自分」という言葉は三人称にも一人称にも、地域によっては、ときに二人称にも使える。この柔軟さを利用するしかない。女性が「自分」と言うだろうかと考えたが、あり得なくもない。もともと自由間接話法には、そのような実験的なところがある。なにしろ、文の途中で、「ポワン・ヴィルギュール」一つで話法が切り変わることが多いのだ。フローベールは、そのような小説の書法の変革を行っているのだから、訳者が冒険をおかさなくていいというわけには行かない。私はそのように覚悟を決めたのである。

世界の見え方を変える

ところで、この自由間接話法が単に小説を書く上での技法の域を超えて、小説の語りじたいを根底的に変えてしまう契機になったことを忘れてはならない。いまでは自由間接話法もセリーヌやサルトルが使用した自由直接話法（あまりこの名では呼ばれないが）も、小説の一つのテクニックとして定着しているが、それが方法的に出現したときには、語りに対する革命だった。そのことを見ておくためには、すでに参照した論文の結論部でバイイが力説していたことをここに引用しておこう。

「これ〔自由間接話法・補〕は文法上の形態ではなく、まさに精神の態度であり、精神が事物を見る際の様相（アスペクト）や個別の視点（アングル）にほかならない」（六〇五頁）。

いまでは当たり前の情報になっているが、これを読んだとき、私は言語学者バイイの懐の深さを、この指摘に見る思いがした。言語の事象を、単に文法上の形態にとどめず、いみじくも「精神が事物を見る際の様相（アスペクト）」であり、「個別の視点（アングル）」だと言っているのだ。そして、大切なのは、この結論の広さが、語り手にまで及ぶことだ。なぜなら、語り手とは、地の文というフィールドで、絶えず「事物を見る」からで、その際、否応なく、その「様相（アスペクト）や個別の視点（アングル）」を意識せざるを得ないからだ。バイイは「精神の態度」といい、「精神が事物を見る際の様相（アスペクト）」といい、「個別の視点（アングル）」といっている。地の文で、自由間接話法を用いると、「様相（アスペクト）」や「個別の視点（アングル）」が生まれ、そこから「事物を見る」と指摘しているのだ。私は納得したのである。このバイイの指摘は、そのまま語り手の態度に当てはまる。地の文で行われるいわゆる描写とは、まさに語り手の「事物を見る際の様相（アスペクト）や個々の視点（アングル）にほかならない」からである。

　私にとってはバイイを読んだことが、「自由間接話法」が語りにもたらしたものをあらためて認識する上できわめて重要だった。それは、「自由間接話法」が事物や対象に向き合う精神の態度やアスペクト、つまり視点にかかわるだろうという指摘に基づいている。十九世紀になって、近代小説が書かれるようになって、小説を書く実践的なフィールドで、この「自由間接話法」が使用されるようになり、そしてフローベールがこの話法を方法的に駆使したということは、そこで、事物の見方や見え方が変わったということを示唆している。たしかに、古典期の詩人ラ・フォンテーヌの残した寓話にも、この話法は見られるが、それは、近代小説が発明し、とりわけフローベールが自覚していた方法論的な用い方ではまだない。私がバイイから受け取ったのは、「自由間接話法」は単なる文法上の項目にはとどまらない、ということだった。学生時代の私は、自らの理解の不十分さから、この事象をじゅうぶんには意識できなかったのだな、とも気づいた。なにしろ『ボヴァリー夫人』を読んでいると、語り手が地の文を運んでいるのだが、そこにエンマやシャルルに寄り添った視点を導入したいときに、あるいは多く人の見方を導入したいとき、この「自由間接話法」が用いられるのだから。それは語り手の領域において、語り手とは異なる人物の至近に視点を導入するときに最適なのだ。

いったいそのことが、どのように語りの変化にかかわり、それを可能にしてゆくのか？　私は『ボヴァリー夫人』を訳す前に、プルーストを訳し、プルースト論を書く機会に恵まれた。その折りに遭遇したプルーストの批評的な文章が、自由間接話法が小説にもたらした変革について語っていたのだ。私は、プルーストの慧眼に瞠目した。それは、フローベールをめぐる二つの文章にまたがっている。一つは、「フローベールの『文体』について」であり、もう一つは「フローベール論に書き加えること」である。

その「フローベールの『文体』について」で、プルーストは自由間接話法という呼称を使っていない。バイイのはじめての使用から八年ほどの時間しか経過していないと考えるか、この呼称じたい認知度がプルーストにまでとどいていなかったと考えるか、私はその両方ではないかと思っているが、ともあれ、プルーストは自由間接話法と同じ事態を、上記の批評的な文章で「永遠の半過去」と呼んでいる。おそらくこの小説家がそう呼んだ理由は、「自由間接話法」で最も頻繁に使われるのが「半過去」だからであり、それを、フローベールがよく使う「あのいつもの」半過去形という意味でおそらく使ったのである。あるいは、もう一つ考えられるとすれば、「永遠の」という形容には、「時間の外にある」とか「時間の支配を逃れる」というニュアンスがあって、ほぼ過去との時制の一致（つまり過去における現在）として使われるこの話法の時制が特定の過去の時間を逃れている、ということを含意してもいるのかもしれない。だから、呼称の違いは差し置いて、その論文を見ておこう。プルーストはこう言っていた。

そうした永遠の半過去は、登場人物たちの会話で部分的に構成されていて、フローベールは地の文に混じりあうようにいつもこれを間接話法で伝えていて（……）、だからこの半過去は文学においてじつに新しく、事物と人間の様相（アスペクト）を完全に変えてしまい、まるでランプの位置を変えたときのように、新しい家に着いたときのように、昔からの家でも引越しの最中でほとんど人がいないときのようだ。[1]

フローベールは「登場人物たちの会話」を「部分的」に「地の文に混じりあうように」して「間接話法で伝え」る、という文言から見て、これは自由間接話法に間違いないが、プルーストも、この「永遠の半過去」（自由間接話法は半過去だけに限られないが、たしかに圧倒的に半過去が多い）が文学の領域で新たに出現したものだと認識していて、その効果についても、ちゃんと了解していた。それが「文学においてじつに新しく」、とりわけ「事物と人間の様相（アスペクト）を完全に変えてしま」ったと言っているのだ。「事物と人間の様相（アスペクト）」とは、まさにバイイと同じ言葉ではないか。事物と人間の様相（アスペクト）とは、それがどう見えるか、小説家の立場からいえば、それをどう見せるか、にかかわっていて、その見え方・見せ方をフローベールはこの話法の使用で変えてしまった、というのだ。ひと言でいえば、フローベールは地の文に自由間接話法を持ち込むことで、描写を変えてしまったのである。プルーストには、それが小説のフィールドで新しく起こったことだとわかっていた。それを、フローベールがはじめて方法論的に小説において実践したのであり、そのことをプルーストはじつによく理解していたのだ。

　ところで、ここで注意しなければならないことがある。「自由間接話法」が語り手のあやつる地の文に、作中人物の思いや言葉を溶け込ますからといって、フローベールは作中人物の思いや意識を顕わにしようとしたと理解してはならない。「自由間接話法」とは、作中人物の思いや意識を、地の文にいわば隠しながら刻むという趣を持っている。オープンにしようとして、作中人物の思いを刻んだのではない。あくまで交じり合うように刻んだのである。そのように自由間接話法を使用することは、つまり直接話法を避けるということは、語り手が作中人物の思いや意識や考えをはっきり示そうと意図してのことではないし、語り手には、地の文に溶け込ませた作中人物の言葉や思いによって自身をも消そうとする意図さえむしろあるように思われる。少なくとも、導き入れた作中人物の言葉や思いの陰に隠れようとしているかのようで、語り手がじかに物語に介入するのを避けるためにこそ、「自由間接話法」は使われているように見えるのだ。作中人物も語り手も目立とうとせず、まるで気配を消すような方向性は、おそらく一九〇九年以降の時期に書かれたと推測されているプルーストの「フローベール論に書き加えること」に見てとれる。「表象された対象が人間であっても、事物として認識される」という文言に、同じ響きがはっきりと記されている。

フローベールを見れば、美術史のなかで色彩を変えてしまった何人かの画家(チマブーエ、ジョット)がどうであったか理解できるだろう。そして、彼の統辞法(シンタクス)から生まれる――というか表現される――世界の表象じたいの、見え方じたいの革命は、世界の認識を人間へと移動させたカントの革命と同じくらい大きい。彼の偉大な文章では、事物は物語の付属品として存在しているのではなく、事物が現われる現実のうちに存在するのであって、一般に事物が文章の主語になっている。（……）表象された対象が人間であっても、事物として認識されるので、意識によって生み出されるものではなく、現われてくるように描かれている。すでに『ボヴァリー夫人』においてさえ、フローベールはそれほどはじめからこの形式を見つけていて、それはおそらくフランス文学のすべての歴史のなかで最も新しい形式である。（……）ボヴァリー夫人が火で身体を温めたいとする。すると、《ボヴァリー夫人は（彼女が寒気を覚えたなどとどこにも語られずに）暖炉に近づいた……》と語られるのだ。（前掲書、二九九—三〇〇頁）

フローベールの統辞論（シンタクス）が、世界の表象の仕方に対する革命、世界の見え方に対する革命だとはっきりプルーストは言っているではないか。統辞論（シンタクス）が世界の表象の仕方を変えたとは、まさに小説の書き方が、世界の見え方を更新したということだ。先に引用したエッセイで、自由間接話法（プルーストの言葉では「永遠の半過去」）が「事物と人間の様相（アスペクト）を完全に変えてしま」ったと言っていたが、ここで二つのエッセイを合わせて考えれば、自由間接話法（「永遠の半過去」）こそ、フローベールの駆使したシンタクスにほかならず、それこそが表象の仕方を変え、世界の見え方を変えたということだ。「事物と人間の様相（アスペクト）を完全に変えてしま」った自由間接話法こそ、まさに世界の見え方に対する革命であり、表象の革命ということになる。その言葉の重さを、私は噛みしめていた。

語り手を否認する視点

私は『ボヴァリー夫人』を訳しながら、表象の革命という言葉の重さを反芻していた。反芻しながら、自由間接話法が事物を見る視点にかかわるというバイイの指摘を実感できるページはないものかと思っていた。ある日とうとう、そのことがよくわかる箇所を見つけたのだ。そうして生じた視点が、世界の見え方を変えるような箇所である。私はいささか勇み立った。そのページは第Ⅱ部五章に出てくる。またしても、最初にフランス語を示すことを許していただかねばならないが、そのあとすぐに、自由間接話法による視点の発生（ここではその視点の位置はエンマかその至近である）が生じない訳文と、生じる訳文を、つまり自由間接話法を認識しない訳文と、これを認識した二種類の拙訳をお見せしたい。つまり、自由間接話法の使用は、それまであった語り手の視点に新たな視点を導き入れるのである。

Elle entendit des pas dans l'escalier : *c'était Léon*. Elle se leva, et prit sur la commode, parmi des torchons à ourler, le premier de la pile. Elle semblait fort occupée quand il parut.（p.192. 強調引用者）

彼女〔エンマ〕は階段に足音を聞いた。レオンだった。彼女は立ち上がり、へりをかがる予定の雑巾の山の一番上のものを箪笥(たんす)の上から取った。レオンの姿が見えたとき、彼女はじつに手がふさがっているように見えた。（Ⅱ・5）

階段に足音が聞こえた、レオンだわ。彼女は立ち上がり、へりをかがる予定の雑巾の山の一番上のものを箪笥(たんす)の上から取った。レオンの姿が見えたとき、彼女はじつに手がふさがっているように見えた。（Ⅱ・5）

どこが自由間接話法の文になっているかといえば、最初の文の後半、つまりコロン〔:〕のあとのイタリックで強調した短い節にほかならない。二つの訳文を比べていただきたい。自由間接話法ととらなければ、「レオンだった」となり、自由間接話法ととらえれば、「レオンだわ」となる。両方とも、間違いとはいえないが、「自由間接話法」の使用を意識するのと、しないのでは、これほど訳文に差が出る。「彼女は階段に足音を聞いた。レオンだった。」というかぎり、語り手は、彼女が階段を上る足音を聞いたこともわかっているし、同時に、それがレオンの足音であることもわかっている。語り手が、階段を上るレオンを見ることができ、同時に、それを聞いているエンマを見ることができる位置に具体的にいる、などと考えないでもらいたい。この場面には、語り手の姿などなく、それがあるのは小説の光景のなかではなく、地の文をあやつるページの上なのだから。素朴リアリズム的に考えてはいけない。それでも、この文を自由間接話法と考えないとすれば、いましがた指摘したように、語り手はレオンとエンマの両方の行動を知る位相にいることになる。あえて言えば、そのとき語り手は、いわゆる「神の視点」に立っていることになる。「彼女は階段に足音を聞いた。レオンだった。」と言っているのだから。

しかし、ここに「自由間接話法」が導入されていることを意識すれば、そのような訳文にはならない。語り手の視点が作中人物の至近に発生しているから、階段を上っているのがレオンかどうか知っている、ということから語り手は解放されている。視点は、部屋のなかにいるエンマとともにある。だから、階段を上ってくる足音だけで、彼女はそれがレオンだとわかったのだ。時間帯からレオンだとわかったのか、足音の特徴からわかったのかまでは書いてないが、この部分がエンマの思いだと考えないかぎり、フローベールは部屋の外と内の両方を一度に知ることのできる「神の視点」を用いていることになる。フローベールは、そのような万能な視点を採用しない。だからここが、自由間接話法の文と考えないわけにはいかなくなり、「レオンだわ」という訳文になる。語り手の語る地の文に、作中人物の思いが浸透している「自由間接話法」の効果にほかならない。そう考えると、最初の「彼女は階段に足音を聞いた」という箇所を見ても、語り手の視点が、部屋のなかで足音を聞くエンマの至近にすでに発生している（語り手の視点が最初からすでにあるとすれば、それはエンマの至近に移動している）ことがわかる。そして、自由間接話法とともに生じる視点が、いま見たように「神の視点」を廃棄するとしたら、それこそ世界の見え方や見せ方の革命といえるではないか。それを可能にする自由間接話法の使用こそ、まさに表象の革命に値するだろう。

そうした視点の効果は、そのあとの「レオンの姿が見えたとき」で、最大に発揮される。レオンの足音に気づいたエンマは、縫い物などしてもいなかったのに、急遽、箪笥の上から雑巾をとって、へりをかがっていた風を装うことができる。自分のレオンへの思いに気づかれまいとして、忙しく立ち働いている姿を見せなければという思いが働いたのだろうか。部屋に入ったレオンは、かいがいしく縫い物をしているエンマの姿しか見ていない。おそらく、ずっと前からそうしていたと思うのは、レオンの勝手である。語り手がどこにいようと（といっても、この場面に立ち会っているのではない）、「自由間接話法」を使用すると、語り手本人ではなく、その視点がエンマの部屋のなかに生じた（移動した）と考えないかぎり、この箇所はじゅうぶん説明がつかない。語り手が実体的に視点とともにエンマの部屋に入ってきた、などと考えてはいけない。それはあまりに語り手と語りの機能と役割を写実的にとらえる硬直した考えである。

「自由間接話法」の使用により、新たな視点が誕生し、これを作中人物のもとに移動できるということは、そのとき語り手の位置を宙吊りにできる、ということだ。その意味で、この視点は、語り手の否認にもなっている。否認とは、否定とは違う。つまり、語り手の存在は否定しないまま、語り手としてあることを無視する、とでも言えばよいだろうか。視点が発動するとき、語り手は存在しながら、あかたもそこに不在であるかのように振る舞うのである。

この視点の発生(移動)を、カメラの位置の設置(移動)と考えるとわかりやすいかもしれない。つまり、階段を上る足音は部屋のなかのエンマの至近に置かれたカメラが知覚し、それを察知したエンマがあわてて縫い物をしていた風を装い、そこにレオンの姿が現われる、と考えれば、なんでもない。いまや映画や映像でふつうに行われていることを、「自由間接話法」を方法的に用いることで最初に実践したのがフローベールなのだ。彼の描写が映画的なのではない(とはいえ、たしかに映像的ではあるが)、その視点の処理の仕方が映画など発明されていないのに、映画的なのだ。

距離?

この視点の誕生にかんして、私は一冊の本のあるくだりを思い出していた。それは工藤庸子の『恋愛小説のレトリック――「ボヴァリー夫人」を読む』の、「自由間接話法と紋切り型」

の章である。バフチーンの「疑似直接話法」（これがフランス語の「自由間接話法」に相当する）について、こう語られていた。

バフチーンによれば、要は「他者の言葉」との関係なのです。「疑似直接話法」――仏訳では discours indirect libre すなわち「自由間接話法」と同一視していますが、和訳にしたがいます――の場合は、語り手と作中人物がほぼおなじ資格において共存する。ただし両者が一体化しているわけではむろんない。あいだに微妙な距離があり、この距離は、あいまいであるがゆえに、いかようにも機能するのです。[2]

私は、「距離」のひと言に、思わず膝を打った。私がカメラの例を出したり、小難しい否認などという言葉を出したりしたが、語り手と作中人物とのあいだの「微妙な距離」、「あいまいであるがゆえに、いかようにも機能する」距離と言えば、もっとわかりやすい。「自由間接話法」の導入によって生じるのは、この「距離」なのだ。語り手と作中人物のあいだにいかようにも機能する「距離」があるということは、語り手と発生する視点のあいだに「距離」が生じるということだ。だからわざわざ、語り手までが視点とともに移動する必要などない。いわば、伸縮自在の「距離」なのだ。

「他者の言葉」を問題にするバフチーンには、この「距離」が見えていた。念のため、バフチーンの『マルクス主義と言語哲学』の該当ページを見ると、バフチーンには「語り手」という言い方はなく、フローベールをそのまま指して、彼自身と作中人物の関係として語られていたが、そこを割り引いて読んでもらうと、こうあった。「みずからの創造物と同一化しながら同時にそれらに対するみずからの独立した立場、みずからの距離を保つことを可能ならしめる疑似直接話法は、みずからの登場人物に対するこの愛と憎しみを具現化するために、きわめて好都合なものである。[3]」

同一化と独立。この異なる二つが同時に可能になるのが「疑似直接話法」、つまり「自由間接話法」だとすれば、ここにも「そして」スイッチが働いていることになる。そしてその異なる二つを指して、おそらく工藤庸子は「あいまい」という一語を使ったのだろうが、「自由間接話法」によって保たれるこの「距離」という発想こそ、私には貴重であり、私なりにバフチーンを理解すれば、この「距離」がゼロに近くなるとき、語り手と作中人物の同一化が進み、視点が作中人物の至近にまで近づくことができ、この「距離」が大きくなれば、さも語り手と作中人物が別個に存在しているように見える。この「距離」が延びて視点が作中人物に近づけば、その部屋にも入ることができるのだ。そして私は、この「距離」が自在に働くもう一つの場面を思い起こしていた。

「僕たち」nous

それは「僕ら」とか「僕たち」と訳される冒頭に出てくる有名なnousである。「僕たちは自習室にいると」という最初の一句に登場するnous「僕たち」である。『ボヴァリー夫人』といえば、必ず避けては通れない一人称複数の代名詞にほかならない。ナラトロジーと呼ばれる語りの研究では、作中に登場人物として登場しようがしまいが、語り手は一人称単数として想定される。だから、この一人称複数nousのうちに、語り手がふくまれると考えてもよいのだが、語りが軌道に乗ると、導入部で八回ほど姿を見せてから、たちまちこの「僕たち」は姿をくらます。一応、「僕たちが自習室にいると」とはじまり、「いまとなっては僕たちのだれも、彼のことを少しも覚えてはいないだろう」という回顧的な一行も混じるのだから、素朴に写実的に考えれば、語り手はこの級友のなかにいた、とみなすこともできる。だが、そうはいっても、「僕たち」がそのような想定を充たしつづけるわけではない。語り手は嘘をついているのではないか、とか、語り手の共犯者としての読者とみなす向きもあって、そのほかの見解とともに、蓮實重彥は『『ボヴァリー夫人』論』の「懇願と報酬」の章で丹念に紹介している。けれど、私はそうしたさまざまな見解には興味がない。ただ、一つの事実をもとに抱いた発想がこちらにはあって、屋上にさらに屋を重ねることになるかもしれないが、自分の考えを述べておこうと思う。

そしてそのように考える出発点を与えてくれたのが、同じ蓮實重彦の『『ボヴァリー夫人』論』のなかの、こんな指摘である。

とはいえ、フローベールの「自筆最終稿」にこの「僕ら」がしかと書きつけられていたわけではない。構想中の作家が想い描いたのは、まず時間だったからである。「筆耕による清書」にもこの一人称複数の人称代名詞は書き込まれておらず、そこには「自筆最終稿」を正確に筆写するかたちで、「午後一時半の鐘が中学の大時計で鳴ったばかりだった。すると、校長が自習室に入ってきた」(Copiste, folio 2) と書かれていただけである。その「筆耕による清書」が『パリ評論』誌の編集部に送られるにあたって、最後の見直しを行ったフローベールが、冒頭の二行と一字におよぶ時間をめぐる記述を思い切りよく横線で削除し、それに代わるものとして、原稿の紙面の左端にみずからの手で「僕らは自習室にいた。そこへ校長が入ってきた」(同前) と書き加えたのである。『ボヴァリー夫人』のテクストの一字目に「僕ら」という人称代名詞の複数形が文字として書き込まれたのは、そのときにほかならない。それと同時に、「一時半」という記述が削除されることで、「自習室」に流れている時間はたちどころに漠たるものとなり、不意に書き込まれた「僕ら」は、あたかもそのとりとめもない持続を共有しているかのような曖昧な人影におさまる。[4]

『パリ評論』への掲載を承諾した時点で、フローベールは小説をほぼ書き上げているから、以上の指摘からわかるのは、この冒頭の nous（「僕たち」）は小説ができあがってから書き加えられたということだ。つまり、この nous が加筆されたとき、小説には「自由間接話法」がすでにふんだんに使われていた。おそらく、その効果も手伝って、nous「僕たち」という加筆が促されたのではないか、と私は推測している。私は、この「僕たち」nous と「自由間接話法」のあいだには関係があると考えているのだ。

「自由間接話法」について語ってきたなかで、バイイとともに「視点」を取り出し、工藤庸子とバフチーンとともに、「距離」を取り出した。とりわけ、バフチーンの「同一化と独立」をめぐる箇所で、このように記した。「私なりにバフチーンを理解すれば、この『距離』がゼロに近くなるとき、語り手と作中人物の同一化が進み、視点が作中人物の至近にまで近づくことができ、この「距離」が大きくなれば、さも語り手と作中人物が別個に存在しているように見える。この「距離」が延びて視点が作中人物に近づけば、その部屋にも入ることができるのだ。そして私は、この『距離』が自在に働くもう一つの場面を思い起こしていた。」

そして、語り手と視点との「距離」が延びて入ることのできるもう一つの部屋（すでにエンマの部屋に視点が入っている例をわれわれは見ている）こそ、冒頭の「自習室」ではないか。私はバフチーンの説明を聞きながら、冒頭の「僕たち」nousを想い描いていた。語り手がシャルルの級友の一人だった、などと写実的に考える必要はまるでない。この「僕たち」nousは語り手とそこから自在に延びる「視点」をふくむもの（「距離」とはそういうものだ）ではないか。その延びた「視点」が限りなく級友に近づく。そうすることで、語りが安定して機能する。小説全体を書き終えているフローベールには、そのことがよく見えたのではないか。「視点」が「自習室」にあるあいだ、語り手はいわば否認された状態にある。否認とは、否定ではないから、「距離」が自在に延びても、一見、語り手がその場にいないように見えても、「距離」をはさんでつながっていれば、その両者を、つまり語り手と「視点」をあわせて一人称複数形の代名詞nousで指そうとしたのではないか。その場合、フローベールはnousを「視点」よりずっと擬人化していたのかもしれないし、「視点」が貼り付く人物ととりあえずは考えていたのかもしれない。いずれにしても、nousには、「距離」をはさんだ語り手と視点のそのような働きが託されているのではないか。

どうしても「視点」を擬人化して扱うことに抵抗を覚えるならば、そうした語り手から自在に延びた「視点」が「自習室」のなかの級友のだれかの至近に位置している、と考えればよいだろう。それが「視点」に与えられた別名であり、これが私の発想である。小説の冒頭を読み返したフローベールは、すでに語り手と作中人物にまで延び得る「視点」が別々に機能していることを承知していた。だからこそ、冒頭で、その「視点」を「自習室」に置くと物語が思ったように起動することを感じたのではないか。そして、小説が起動しはじめたら、さっと「視点」を自在に縮めてしまえばよい。この語り手と「視点」の自在の「距離」の作り方こそ、まさにフローベールが『ボヴァリー夫人』で発明したものなのだ。nous「僕たち」とは、ある意味で、距離なのだ。もちろん、あとから書かれた nous だけを見れば、「距離」や「視点」が人としてカウントできないことは明らかだ。だから nous は語り手以外に人をふくまなければならない、と言われてしまえば、私の発想などじつに脆弱だということになる。しかしながら、そのような発想が、フローベールの背中を押して nous と加筆させたかもしれない。フローベールには、われわれがあとから詮索するほど nous の指すものが固定的に見えていたのだろうか？　そこに、『ボヴァリー夫人』を書くことでフローベールの獲得したことが活かされているのではないか。それが、草稿の最初から冒頭に nous「僕たち」が記されなかった理由だと私は考える。『ボヴァリー夫人』を起動させるのに、フローベールは nous がぴったりだと読みきったのだ。その nous には、これまで見てきたような語り手の在りようが託されている。私は、自由間接話法から、思いがけない発想を抱いたのだった。

指標のない自由間接話法

これまでの「自由間接話法」の探査を、もっと広く伸ばしてみよう。いわゆる「自由間接話法」とすぐわかる指標のない例である。第Ⅰ部二章の冒頭で、骨折した農場主の治療を依頼しに一人の男が手紙をたずさえて医者のもとに来て、ボヴァリー夫妻の寝込みを襲う場面である。拙訳で参照する。

Une nuit, vers onze heures, ils furent réveillés par le bruit d'un cheval qui s'arrêta juste à la porte. La bonne ouvrit la lucarne du grenier et parlementa quelque temps avec un home resté en bas, dans la rue. Il venait chercher le médecin; *il avait une lettere.*（p.68. 強調引用者）

ある晩の十一時ごろ、夫婦は馬のひづめの音に目をさますと、それはちょうど玄関先でとまった。女中が屋根裏部屋の屋根窓をあけ、下の通りにいる男としばらく話し合った。この男は医者を迎えにきていて、手紙を持っている。（Ⅰ・2）

何もそれらしい指標はないが、自由間接話法と考えられるのは、最後の「手紙を持っている」

の箇所だ。イタリックで《; *il avait une lettere*》というように強調したが、半過去形（avait）が使われているから、「彼は手紙を持っていた」と客観的に訳してもおかしくない。私は、屋根裏部屋の窓から男の姿を見た女中の思いがかぶさっているととらえて、ここを「自由間接話法」だと判断した。しかし、その前の「医者を迎えにきていて」という男の意図までは屋根裏部屋からの距離では女中に見抜けないと考え、自由間接話法は後半のみとした。だから、翻訳の方針通り、主語を省き、半過去という動詞の時制を地の文と同時と考え、フラットにして、「手紙を持っている」と処理し、そのときの女中の思いが地の文に取り込まれている、と考えたのである。それでも、ここにはいわゆる「自由間接話法」を示す指標がまったくない。にもかかわらず、私がこれを「自由間接話法」だと確信するのは、これまで小説を読んできたという経験（そんなものが根拠にならないくらい承知している）に加えて、すでに見たように、プルーストが小説を書く者として、この話法の圧倒的な斬新さに触れながら、客観的に読めてしまう地の文に紛れ込んでいる「永遠の半過去」と言っていて、この半過去こそ、それに当たると判断したからだった。

たしかに、指標がないから、この半過去を、「彼は手紙を持っていた」といった客観的な記述にとることもできる。先ほど見た二階のエンマの部屋に上がるレオンの場合とはちがって、同時には見えないはずの部屋の内外に視点が分断された状況ではない。客観的にとっても、いわゆる「神の視点」など生じない。それでも、ここがプルーストのいう「永遠の半過去」、つまり「自由間接話法」だと私が思う根拠は、プルーストの指摘した表象の革命という言葉である。自由間接話法の使用で視点が生じ、ものの見え方、見せ方が変革された、という指摘である。骨折の治療の依頼に来た男を見つめた女中の思いが溶け込んだ地の文と考えれば、見え方が変わるではないか。語り手の支配する地の文が、いわばポリフォニックになる。それこそ、プルーストの指摘に添うものだ。この確信から、私はこれが客観的な記述ではない、と判断したのである。客観描写か自由間接話法か、翻訳しながらそのように選択を強いられた私は、小説の細部が輝く方向を選んだ。そして、プルーストもそのように読んでいる。

さらに、注意しなければ、客観的な記述と読み過ごしてしまう箇所が『ボヴァリー夫人』にはある。一見したところ、「自由間接話法」が使用されているようには見えない。そんな箇所について、蓮實重彥も言語学者オズワルド・デュクロを参照しながら言及しているが、その箇所を、デュクロの考え方とともに見ておきたい。第Ⅱ部二章の後半、ボヴァリー夫妻の引越しのくだりで、夫妻がヨンヴィルに到着し、旅館兼料理屋の「金獅子」で夕食をとり、オメーやレオンと歓談した直後の、別れの場面である。いかにも客観的な村の夜の光景に見える。しかし、デュクロは、そこを自由間接話法の文と考えなければならない、と言う。二通りの光景を、拙訳でお見せしよう。

Le bourg était endormi. Les piliers des halles allongeaient de grandes ombres. La terre était toute grise, comme par une nuit d'été.

Mais, la maison du médecin se trouvant à cinquante pas de l'auberge, il fallut presque aussitôt se souhaiter le bonsoir, et la compagnie se dispersa.（p.167. 強調引用者）

村は眠っていた。市場の柱が影を大きく伸ばしていた。地面は夏の宵のようにすっかり灰色だった。

しかし、医者の家は旅館から五十歩ほどのところにあったので、ほとんどたちまちおやすみを言い交わさねばならず、そこで連れは散り散りになった。（Ⅱ・2）

村は眠っている。市場の柱が影を大きく伸ばしている。地面は夏の宵のようにすっかり灰色だ。

でも、医者の家は旅館から五十歩ほどのところにあるので、ほとんどたちまちおやすみを言い交わさねばならない、そこで連れは散り散りになった。（Ⅱ・2）

二つの訳文を比べていただきたい。最初の訳文は、原文をイタリックにした部分を、自由間接話法とはみなしていない。二つ目の訳文は、イタリックの箇所を、デュクロの指摘を考慮し、自由間接話法だと受けとめて訳されている。私はデュクロの説明を読みながら、釘づけとなったのだった。まず、原文の第二段落冒頭のMais「しかし」に、デュクロは注目する。このmaisを、私は二通りに訳しておいた。客観描写ととった訳文では、「しかし」と訳し、自由間接話法ととった訳文では「でも」と訳した。デュクロは、この逆接の接続詞は無意味に置かれてはいない、と考える。そうだとすると、この場面では初対面ながら、ボヴァリー夫妻と薬剤師オメーやレオンが料理屋で楽しく歓談し、別れがたさのような感情に支配されていたと考えないかぎり、このmais「でも」が理解できなくなる、というのだ。料理屋を出ると、医者の家はすぐそこなので、たちまち別れなければならない。それを惜しむ気持が作中人物に働いていて、その気持ちを通して風景が見られている、とデュクロは指摘する。そうなると、客観描写と見えた最初の段落が、じつは別れを惜しむ気持の貼り付いた主観的な眺めになる。そういう思いの貼り付いた自由間接話法の半過去ということになる。エンマの目とかレオンの目を通してとは明示されていないものの、別れがたく思う作中人物の気持を通して見られている、というのだ。そうだ、フローベールは、このような新たな世界の見え方を発明したのだ。客観的に見える風景にも、気分がはりついている。つまり、そうした意識を投影するのが自由間接話法で、デュクロはこの客観描写に見える過去時制を自由間接話法と考えなければ、次の段落の頭に出てくる「mais でも」が理解できないものになる、と指摘したのだ。[5]

私はその慧眼にびっくりした。なぜなら、文章を彫琢するフローベールは、意味のない接続詞を残すようなことはしないからだ。従来、客観描写として解されていた夜の光景（「村は眠っていた。市場の柱が影を大きく伸ばしていた。地面は夏の宵のようにすっかり灰色だった。」）が、別れを惜しむ主観を通して眺められた風景だというのだから。とりわけ、夏の夜ではないのに、「夏の宵のように」と使われている比喩が、フランス語ではじつに心地よさを表す表現であり、それが作中人物の気持を伝えている、と説明されると、この客観描写に見えた風景が、作中人物の気持のフィルターを通して見られたリアルな光景に思え、まったく別のものに見えてきたのだった。ここには、客観描写をめぐるコペルニクス的転回がある。まさに、プルーストの表象の革命という言葉に符合している。

この引用の最初の段落は、客観描写にも見える半過去だし、段落が変わると、mais「でも」のあとには現在分詞構文と単純過去があるばかりだが、それでもこの部分が自由間接話法になっている。デュクロは言明していないが、私は、いわゆる指標の有無による自由間接話法の判断など、じつに当てにならないと感じたのだった。指標があれば、自由間接話法だと判断しやすいが、指標をまったく伴わない自由間接話法も、これまでの経験から多い、と私は感じている。そして、デュクロの論文には、ほかにも自由間接話法のいわゆる指標のないような例があがっていた。第Ⅲ部一章で、レオンがエンマを宿に訪ねて、口説く場面がそうである。

Il se mit à vanter la vertu, le devoir et les immolations silencieuses, *ayant lui-même un incroyable besoin de dévouement qu'il ne pouvait assouvir.* (p.359. 強調引用者)

彼は美徳と義務と無言の自己犠牲を褒めそやしはじめたが、自分自身、充たされることのない献身の欲求をうそのようだが抱えている。（Ⅲ—1）

この訳文で言えば、原文では avoir（持っている）の現在分詞 ayant ではじまる「自分自身、充たされることのない献身の欲求をうそのようだが抱えている」の部分がレオンの思いだという。デュクロによれば、そこに使われている incroyable「うそのようだが、信じられないことに」というのが、フローベールの作中人物に対する判断ではなく、レオンの自分自身に対する思いであって、自分でも、そのような献身欲求を持っていることに、「うそみたい、信じられない」という思いを抱いているというのだ。そして、そのような「自由間接話法」が現在分詞からはじまる文でも、つまりこれまでこの話法の指標と考えられていないものでも、「自由間接話法」

となっているというのである（前掲論文、五七―八頁）。そればかりか、その直後の部分にも、感嘆符などの指標を伴った部分のほかに、「単純過去」ではじまる箇所が、「自由間接話法」だと考えられる、とデュクロはつづけている。

Avec un haussement léger de ses épaules, Emma l'interrompit pour se plaindre de sa maladie où elle avait manqué mourir; quel dommage! elle ne souffrirait plus maintenant. Léon tout de suite envia *le calme du tombeau*, et même, un soir, il avait écrit son testament en recommandant qu'on l'ensevelît dans ce beau couvre-pied, à bandes de velours, qu'il tenait d'elle; car c'est ainsi qu'ils auraient voulu avoir été, l'un et l'autre se faisant un idéal sur lequel ils ajustaient à présent leur vie passée.（p.359. 強調原文）

エンマは軽く肩をすくめて彼の言葉をさえぎり、危うく死にかけたこの前の病気のことをこぼし、じつに残念！　死んでいれば、こうしていまごろもう苦しまなくて済むのに！　たちまちレオンは、墓の静寂が欲しくなり、ある晩など、遺書をしたため、自分が死んだら、あの人からもらったビロードの縁（へり）の付いたあの美しい足掛けに包んでくれるようくれぐれも頼みさえしたな、なにしろ二人はそのようにありたかったのだろうが、互いに理想を描きな

がら、その理想にいまでは二人とも自分の過去のほうを合わせようとした。（Ⅲ・1）

フローベール自身がイタリックにした箇所があるので、自由間接話法の部分を強調しなかったが、自由間接話法だとすぐわかるのは、感嘆符の付いているエンマの思いである。「じつに残念！　死んでいれば、こうしていまごろもう苦しまなくて済むのに！」である。しかしデュクロが注目するのは、そのあとの、訳文でいえば「墓の静寂が欲しくなり」から「包んでくれるようくれぐれも頼みさえしたな」までの部分である。デュクロは、直接話法で言えばこの「欲しくなり」が「自分は欲しい、と言い」となり、そこに付いている même「さえ」が、レオンの思いに属していると考え、「単純過去」envia ではじまるこの部分が「自由間接話法」だと指摘している。蓮實重彥によれば、傍点を付けて原文のイタリックを処理した「墓の静寂」というのは、レオン独自の思いというより、「社会に流通している『他人の言葉』の引用にほかなるまいが」（前掲書、二六一頁）と指摘している。たしかに、それは定冠詞がついているから、社会に流通していた言葉、おそらく、流布していたロマン派の常套句的な言葉（イメージ）にほかならず、それがレオンの憧れのなかに侵入したのだろう。私は、「自由間接話法」の指標が「感嘆符」や「半過去」や「条件法」にある、などということじたい、いかにも形態至上主義的な文法家の発想に思われてならなかった。いや、最初にこの話法のことを言い出したシャルル・バイイは、当時、「文法的な形態から出発する文法家」（前掲論文、六〇五頁）の目には、この「自由間接話法という思考のかたちは止まらない」、とはっきり指摘していたではないか。いや、そのバイイは、一九一二年の論文で、こう言いながら、ルルーの台詞の一部が溶け込んだ地の文を、「自由間接話法」として差し出している。

われわれは、導入動詞が完全に欠けていてもかまわないことをこれから見てみよう。きわめて興味深いケースだが、なにしろ自由間接話法のことを知らない文法家たちは違ったふうに解釈するからである。明快な例からはじめよう。

> 《とつぜん、庭の柵戸から生地屋のルルー氏が入ってくるのが見えた。このたびのご不幸の事情を斟酌いたしまして、何か手助けできないか申し出るために彼は来たのだった。エンマは、手助けなしに済むと思うと答えた。（『ボヴァリー夫人』Ⅲ・2）》（前掲論文、五五五頁）

バイイの引用するフローベールの文を《　》で示した。その地の文で、いきなり「斟酌して、考慮して」eu égard à～という表現がイタリックで強調されてはいるが、完全に地の文の一部である。しかしバイイは、この箇所を自由間接話法の例として挙げている。地の文の一部でも、登場人物の言葉や思いがそこに混ぜ入れられていれば、きちんとした自由間接話法になる。要するに、自由間接話法かどうかを判断するとき、形態的な指標があれば参考になるものの、それらがないからといって、ただちに自由間接話法ではない、とは言えないのだ。私は学生だったとき、完全に形態からこの話法に迫ろうとして把握し切れなかったことがよく腑に落ちた。それが語り手ではないだれか（作中人物であれ、世間に流通している常套句であれ）の言葉や思いであれば、自由間接話法（あるいはその一部）なのだ。フローベールの翻訳作業は、それくらいだれの目にも明らかな正解などない、じつに困難な作業だと認識し、そのぶんさらに責任重大だと感じたのである。

代読という構造

ところで、『ボヴァリー夫人』のなかで、自由間接話法がふんだんに使われているわけではないのに、ついつい自由間接話法を連想してしまう場面が存在する。ラテン・アメリカの作家バルガス＝リョサを若いときに魅了したという「農業共進会」の場面であり、ちなみにその『若い小説家に宛てた手紙』[1]には、この場面を統御する方法についての言及がある。村の広場では、「農業共進会」が盛大に遂行され、他方、それを見下ろせる役場の二階のだれもいない会議室では、ロドルフがエンマを口説いている。この小説の名高い場面である。私は「自由間接話法」のことを学生に話そうとすると、ついこの場面を思い浮かべてしまう。いったい、どうしてなのか？

なにしろ、その場面が自由間接話法の説明に、わかりやすい例を示しているからである。一方では、来賓の演説、他方ではエンマを口説くロドルフの口舌が展開する場面で、何が自由間接話法の説明に役立つのかと言えば、その両方の場面にほかならない。私が注目するのは、次のような地の文の記述である。

エンマは手を引っ込めた。にもかかわらず参事官はずっと読みつづけていた。(Ⅱ・8)

エンマは手袋を脱いで、手の汗をぬぐい、それからハンカチを扇いで顔に風を送り、一方で、こめかみの脈の音を通して群衆のざわめきや一本調子に言葉を読み上げる参事官の声が聞こえた。(Ⅱ・8)

この二つの引用にはっきり書かれている。口説かれているエンマの仕草ではない。ここからはっきりわかるのは、知事の代わりに主賓としてむかえられた参事官が、「農業共進会」にあたり知事のしたためた祝辞を代読しているということである。それぞれ、「ずっと読みつづけていた」、「一本調子に言葉を読み上げる」とあるではないか。祝辞は参事官自身の言葉ではない。知事が最初に考え、したためたものだ。それを代読している。この代読という二重の構造を、作中人物と語り手に当てはめると、自由間接話法が説明しやすくなる。作中人物が思ったり考えたことを、語り手が地の文でいわば代読するのが自由間接話法だからである。だれかが先に思ったことを、語り手は語りのなかで、つまり地の文で紹介する。そのだれか（つまり知事）の思い（演説の原稿）が語り手の声（参事官の声）で代読されている構造が自由間接話法にほかならない。フローベールがそうした類似に気づいていたかどうかはわからないが、それでも参事官による知事の考え（原稿）の代読という構造こそ、まさに作中人物の思いや意識や会話を代わりに地の文で紹介する自由間接話法の構造に重なっている。

　いや、それが作中人物の思いでなくとも、だれだか分からない一般的にそう考えられている世論や意見だとしても、それを語り手が地の文で代読すれば、自由間接話法になる。そのように社会の人びとの多くが思ったり言ったりする考えや言葉に対して、フローベールが与えたのが「紋切り型」とか常套句（クリシェ）という語にほかならない。そして、ここで考えなければいけないのはロドルフの口説きの文句であり、その文句を、自身がこれまでに憧れてきたロマンチックな恋（それは修道院の寄宿学校時代からその種の小説を読むことで培われた）に照らして理解するエンマの受け取り方と返す言葉である。ロドルフの口説きは、手練（てだれ）の女たらしである独身男という類型が凡庸な夫に満足できないだろうと目をつけた女を口説くときの決まり文句の域を一歩も出ていない。ロドルフという個人が自身をかけた独自の口説きなどではまったくない。その意味で、そのセリフは同様の男たちならだれでも口にする、しかもエンマに限らずどんな女にだって口にする「定型」みたいな言葉であり、その意味で「紋切り型」なのだ。

ところが、少女時代から恋愛小説やロマン主義の詩を熱愛したエンマには、ロドルフの言葉が「紋切り型」であるとは一向にわからない。フランス文学史の上でも、ロマン主義小説に先鞭を着けたと言われるベルナルダン・ド・サン＝ピエールの『ポールとヴィルジニー』を、エンマは愛読したと書かれていたではないか。そのような読書が、恋に恋する女性を作り出してしまう。それはたまたまエンマだけの問題ではなく、ある時代が共有した問題かもしれない。ともあれ、エンマはそのような女性であり、だからロドルフの「紋切り型」を真に受けてしまう。口説きなのに、真実の恋の告白と聞いてしまうのだ。自分が恋に抱いていたイメージに合わせて、ロドルフの言葉を聞いてしまい、それに答えてしまう。もちろんその応答も、自分が恋愛小説を読んで培ってきたイメージに合わせるようにしてである。だからやがて、健康増進のためという名目で乗馬の散歩に誘われた先でロドルフに身をまかせ、その後でエンマは誇らしげに「わたしには恋人ができた！　恋人が！」と声を発するのだ。その恋人こそ、小説によって作りあげた恋人（イメージ）にほかならないのだが。

つまり、自分自身の言葉を語っていないという意味で、ある種の人間に共有された「紋切り型」のセリフや思いやイメージを口にしているという意味で、このロドルフもエンマもまた、自由間接話法を操っている語り手と同じ位相にいる。だれかが先に考えたり言ったりしたことを、さも自分の思いや意見のつもりで口にするのだから。それは自覚のないままなされる代読にほかならない。だれかの、いやだれでもの考えをオームのように口にするのだから。「農業共進会」で代読の演説をする参事官が知事という具体的な先行者を持つのに対し、ロドルフとエンマは特定の個人に行き着かない匿名の多くのだれかを先行者として持っている。その二つが、演説と口説きとして「農業共進会」の場を占めているのである。

「しかし」mais　語り手の気分?

『ボヴァリー夫人』でもっとも名高い「農業共進会」の場面は、一方に政治的な演説を配し、もう一方にロドルフのエンマに対する口説きを配し、地の文がそれらをつなぐ、という体裁である。ページの上では、前後の順番に否応なく並べられることになるが、原理的には、この二種類の言葉は同時に起こることもあり得る。一本の線状でしか言葉は同時に提示できないので、同時に起こったと考えられることでも、ページ上は前後の順番に収めざるを得ないからだ。しかし、フローベールの用意する文には、つまり語り手の繰り出す地の文には、そうした同時性への意識はあまりないように思われる。その二種類の言説(ことば)を、むしろ交流させようという意図があるようで、交流というからには、前に言われた言葉を受けなければならないから、同時性への意識は希薄になる。私がこの交流への意図のようなものに気づいたのは、地の文に配されたmais「しかし」（私は「にもかかわらず」と訳しているが）という逆説の接続詞につまずいたからだ。いったい、何に対して逆説なのか。次のようなかたちで、mais「にもかかわらず」は出てくる。

　そしてロドルフは言葉を終えようとするとき、そのセリフに身振りを添えた。めまいに襲われた人のように、顔に手をやり、それからその手をエンマの手の上に落とした。彼女は手を引っ込めた。にもかかわらずmais参事官はずっと読みつづけていた。（Ⅱ・8）

逆接の接続詞maisは、いったい何に対して、「にもかかわらず」とつながるのか？　じつに曖昧である。フローベール自身はややこのmaisという接続詞を多用する傾向にあるが、それでもそのmaisには、逆説の意味がなくはない。しかし、何と何が逆説になっているかがわかりにくいのだ。ここでは、ロドルフが手を載せてきたので、エンマは自分の手を引っ込める。「にもかかわらず」mais、「参事官はじっと読みつづけた」となっている。エンマが手を引っ込めることと、参事官が読みつづけることとは、論理関係には置かれないもので、逆説の関係になどないはずなのだ。にもかかわらず、その両者を「にもかかわらず」で結びつけることで、それまで並列していて、交流のなかった二種類の言説（ことば）がそれぞれの論理（すじ）の位相の差にもかかわらず、交流しはじめる。その交流がどうして可能かといえば、まさにページの上に並ぶ言説どうしの対話としてである。一方は政治的な言説であり、他方は恋愛の言説であって、相互には噛み合わない言葉であるにもかかわらず、その両者に一種の対話を促すのが、この「にもかかわらず」mais にほかならない。この逆接が、二つの言説の位相の差を埋めるのだ。逆にいえば、位相の差をつなぐから、逆接の接続詞が必要になる。「にもかかわらず」mais は、演説と口説きという小説内の現実をつなぐのではなく、徹底して、テクストの上の言葉をつないでいる。そう考えない限り、エンマが手をひっこめたことと、参事官が知事の祝辞を代読することが「にもかかわらず」mais では結びつかない。

別の言い方をすれば、この逆説は、光景と光景を結んでいるのではない。演説という光景に口説きという光景を、「にもかかわらず」と結んでいるのではない。あくまでも、それを伝える地の文の上で、つまり「彼女は手を引っ込めた」と「参事官はずっと読みつづけていた」が mais「にもかかわらず」によって並ぶのだ。ロドルフがエンマの手の上に自分の手を重ねたぞ、「にもかかわらず」参事官はそんなことにはお構いなしに演説の代読をつづけている。となると、この「にもかかわらず」には、そのように「お構いなしに」に類した語り手の気分が滲んでいる、と言わねばならない。これまで自分をほとんど見せなかった語り手の気持が、この「にもかかわらず」mais から逆照射されるのである。ここは自由間接話法ではないものの、デュクロがこの話法に現われるmais「しかし（拙訳では、にもかかわらず）」について指摘したことが、そのままスライドして語り手じたいの気分に当てはまるのではないか。
だから、この地の文で、異なる二種類の言説を対話させようという意図を読み取ることができる。その意図を語り手に結びつけるのが妥当なのか、書き手に結びつけるのが妥当なのかは決めがたいが、そのとき地の文は、二つの言説（ディスクール）のいわば接着剤のような働きをしているのだ。

政治言説と恋愛言説の対話

その対話は、この「にもかかわらず」が出た後すぐさま実現される。二つの言説が地の文なしに話題（トピック）を共有するからだ。一行の間（ま）を置いて、地の文なしに直接に演説からロドルフの口説きへと、「義務」という言葉（トピック）が引き継がれ、その趣が、政治的な演説の言葉から恋愛の言葉へと変化させられている。

《……そして諸君、私の言わんとするのは、あの皮相な英知ではなく、有閑人種のもてあそぶ無駄な飾りの英知でもなく、何をおいても有益なる目的の追求に専心する多大なる英知であって、かくして各人の利益と全体の向上と国家の維持に貢献するものです、これぞ、法律の遵守と義務の遂行の成果にほかなりません……》

「ああ！　まただ」とロドルフは言った。「いつも決まって、義務ですからね、こうした言葉にはうんざりです。ネルのチョッキを着た年寄りの間抜けが大勢いて、数珠と足温器を欠かせない信心に凝り固まった婆さんも大勢いて、絶え間なくこちらの耳もとに『義務！　義務！』と唱えたてるのですから。いかにも、ごもっとも、なんて！　義務とは、気高いものを感じ、美しいものを愛することで、社会のあらゆる約束事や社会のもたらす卑劣な行為を受け入れることではありません」（Ⅱ・8）

「義務」という言葉が、二つの言説をまたいできっちり受け渡されている。これが「にもかかわらず」maisで開始された交流（対話）の実践である。「法律の遵守と義務の遂行の成果」といった文脈での「義務」が、「ああ！　まただ」というロドルフの嘆きとともに、「義務とは、気高いものを感じ、美しいものを愛すること」へと変えられている。こうした変換がなされるからこそ、政治的な言説が恋愛の言説と交流（対話）可能になるのだ。ロドルフが、演説のなかの言葉を直接の対象にし、それを自分の口説きに流用することで、二つの言説は対話を、いっこうに噛み合わないものの、開始するのだ。そしてその対話は、それぞれの文脈を超えて、いっそう交流の度を増してゆく。もう一方でなされる口説きに、エンマが陶然となり、火照った身体を冷ますかのように手袋を脱ぐと、今度は、ロドルフの口説きを励ますかのように演説は応えるのである。

彼女は手袋を脱いで、手の汗をぬぐい、それからハンカチを扇いで顔に風を送り、一方で、こめかみの脈の音を通して群衆のざわめきや一本調子に言葉を読み上げる参事官の声が聞こえた。

参事官は言った。

《継続するのです！ 辛抱強くつづけるのです！ 因習の教唆には耳をかさず、軽率な経験主義のあまりに拙速な教えを聞いてはなりません！ ……》（Ⅱ・8）

「継続するのです！」と訳した語は、文字通り「つづけろ！」Continuez! ということだ。そのあとの「辛抱強くつづけるのです！」もまた、演説のなかで言われているにもかかわらず、まるで口説いているロドルフに応援の発破をかけているみたいではないか。二つの言説じたいの対話を想定すれば、ここではロドルフの口説きを「継続しろ」、しかも「因習の教唆には耳をかさず」に、と読める。参事官の演説は、まるで不倫の口説きを嗾けているようにもとれる。両方の言説を視野に収めることのできる読者には、そのような対話が可視になる。別々の言説が、それぞれの場面を越えて、小説のテクストの上で交流している証拠ではないか。しかも、フローベールによるこの場面の書き方は、演説全体を先に完成させておいて後から文脈に合わせて分割する、というものではない。演説と口説きがそれぞれの進行に合わせて、互いに交流を深めるように書かれているのだ。だから、演説でも、地の文やときには口説きとさえ文脈をさりげなく合わせることができる。つまり、両者の言説の対話が可能になる書き方なのだ。農業の奨励を促す演説が、こうして不倫を促す演説にもなる。それがわかるのは、繰り返すが、両方を読むことのできる読者であって、そうした意味の重ね方は、フローベール独自のアイロニーの加味の仕方でもあるのだ。図らずも不倫を励ましてしまう役人の演説には、皮肉の利いた諧謔味があるではないか。

まるで句読点のように

じつは、その先の演説と口説きが一種の掛け合い漫才のようになって行く箇所が、『ボヴァリー夫人』で私のもっとも好きなところである。演説者がいつの間にか審査委員長に代わっていて、しかもその演説がいつしか表彰の言葉になっている。だから、表彰される項目とか、表彰される人物の名前とか、その出身の村名とか、賞金などが短くひと言だけ叫ばれるのだ。それが、これまた短くなった口説き文句に対し、まさに合いの手のように、まるで読点でも打つかのように刻まれてゆく。噛み合ってはいないが、パンクチュアルなリズムを刻み、話の噛み合わない対話として成立している。私は読み返すたびに、その対話が可笑しくて吹き出してしまう。こんな具合である。

《農作業優秀者！》と委員長が叫んだ。
「たとえば、今日の午後、私がお宅にうかがったときには……」
《カンカンポワ村のビゼー君》
「ごいっしょすることになるなんて、私に分かっていたでしょうか？」
《賞金七十フラン！》
「何度も、立ち去ってしまおうか思いました、でもあなたのお伴(とも)をして、こうしてそばに残っています」
《堆肥》
「同じように今晩も、明日も、ほかの日も、一生涯おそばにとどまるでしょう！」
《アルグイユ村のカロン君、金メダル！》
「なにしろ人と付き合っても、これほど充ち足りた魅力を覚えたことは一度もないのです」

《ジヴリー＝サン＝マルタン村のバン君！》
「ですから私は、あなたの思い出を携(たずさ)えて行くことにします」
《雄のメリノ羊に対し……》
「でもあなたは私のことなどお忘れになるでしょう、私など影のように通り過ぎただけなのでしょう」
《ノートル＝ダム村のブロ君……》
「ああ！　そんなことはない、ですよね、私だってあなたのお気持のなかの、あなたの人生のなかの何かになれるでしょうか？」
《豚の品種、同等(エクス・エクオ)の賞として、ルエリッセ君、キュランブール君、賞金六十フラン！》（Ⅱ・8）

「こうしてそばに残っています」とロドルフがエンマに言うと、まるでその残っているロドルフと同格を形成するかのように《堆肥》という言葉が審査委員長から発せられる。そうか、ロドルフはエンマの傍らに、「堆肥」としてとどまっているのか、と読めてしまうのだ。《雄のメリノ羊に対し……》という言葉も、その前の「ですから私は、あなたの思い出を携(たずさ)えて行くことにします」につづくと、どうなるか。pour（文脈としては「～に対し」）には、「～として」という資格や特性を示す意味があるから、この文のつながりだけを考えれば、ロドルフがエンマの思い出を携えて行くのは、「雄のメリノ羊として」という意味にも取れる。ここで使われている「雄の羊」bélier とは、去勢された食肉用のマトン mouton とは違って、去勢されていない羊のことだ。そこには、「去勢されていないメリノ羊として」という意味がふくまれ得る。さらに「私だってあなたのお気持のなかの、あなたの人生のなかの何かになれるでしょうか?」と訊くロドルフに対して、これを言説の対話と見れば、答えるのはエンマではない。審査委員長が返事をすることになり、それが「豚の品種」race porcine というのだ。race porcine を文脈から「豚の品種」と訳したが、これは「白色人種」race blanche や「黄色人種」race jaune という言い方で使う「人種」race と同じである。つまり race porcine とは文字通りにとれば「豚人種」、つまり「豚のような人種」になれる、と審査委員長はエンマに代わって答えていることになる。こうして、別々の言説であるものを、対話として寄り添わすことで新たな意味が交流可能になる。ここにも私は一種の「そして」スイッチを見ている。直接に、アイロニーを付加するのではなく、本来それぞれに見ればアイロニーなど存在していないように見えるものどうしを並べることで、じわじわとアイロニー効果をフローベールは生み出すのだ。その異なるものが並んでいる状態こそが、「そして」スイッチが入った状態にほかならない。

だが、フローベールのアイロニーが最も利いているのは、その後である。

ロドルフが彼女の手を握りしめると、じつに火照って震えていて、まるで飛び立とうとする囚われのキジバトのようで、しかし、手を振りほどこうとしてなのか、それとも握る力に応えようとしてなのか、彼女は指を動かし、彼は声を発した。

「ああ！　ありがとう！　あなたは私を拒まれない！　心の広いかただ！　この私があなたのものだと分かっていただけた！　お顔を見せてください、じっと見つめさせてください！」

突風が窓から吹き込み、会議机のクロスに皺が寄り、下の広場では百姓女たちの大きな縁のない被り物がいっせいに持ち上がり、まるで白い蝶の羽が揺れ動いたようだった。

《採油種子の搾りかす利用者》と委員長はつづけた。

彼は急いでいた。

《フランドルの肥料、――亜麻栽培、――長期賃借による排水施設、――使用人永続勤務》

ロドルフはもう何もしゃべらなかった。二人は互いに顔を見つめていた。欲情がきわまって、二人の乾いた唇が震え、そして、しっとりと事もなげに、指と指は一つに溶け合った。（Ⅱ・8）

ロドルフに握られた手を引っ込めないエンマは、もう無言のうちにロドルフの口説きを受け入れたようになり、ロドルフは感謝の言葉さえ発する。そして地の文は、吹き込む風とともに外の眺めさえ描写する。そのように、互いに別々の思惑から口説きが成就したかに見えたとたん、その不倫の恋に対し、とんでもないひと言が発せられるのだ。「フランドルの肥料」である。これは、フランドルやアルザスで使われていた人糞をふくむ肥料で、当時、衛生面から問題視されていた。「欲情がきわまって」désir suprêmeとは、文字通り、「性的欲求が最高度にまで高まった」ということだ。そこに「人糞」が寄り添う。このような言説どうしの対話を、小説家が意図していないはずがない。一方で、口説きが成就し、欲望が絶頂をむかえるタイミングと、表彰で人糞をふくむ「フランドルの肥料」を重ねることじたい、小説家の意図を外しては考えられない。すでに見た、恋の逢瀬によってエンマの靴に付着した「泥」crotteに「糞」という意味があって、それがアイロニー効果を付着させたのと同じように、ここでもまた「フランドルの肥料（人糞）」が、口説きの言説によって欲情を昂進させた二人に浴びせられるのである。当初、別々にはじまった二つの言説が交流し、対話するように並べられると、演説はまるで口説きや地の文に対し読点のように寄り添って、紋切り型の口説きで欲情し合うエンマとロドルフを言葉の上でクソまみれにしてしまうのだ。その意味では、この一種の農業のお祭りには、スカトロジックに彩られた祝祭空間（カーニヴァル）の趣がある。もちろん、それが生起しているのは場面としてではなく、二つの言説が交差するテクストの上においてである。フローベールは、テクストの上で農業の祝祭を語りながら、そのテクストそのものを祝祭空間に仕立てている。わたしはその祝祭空間に酔いしれた。

第Ⅱ部　テクスト契約

第五章　ほこりと脈拍——テクスト的共起をめぐって

事物・知覚・気分　鐘の音とわびしさ

『ボヴァリー夫人』を翻訳しながら遭遇した「そして」と「自由間接話法」から派生した問題について語り終えたいま、私は気づいたことを語ることにしよう。それは、このどちらも、異なる二つのものが重なり合うことで機能しうるということだ。たとえば「そして」なら、そこで文章を切断してもよく、同時に、そこで文章をつなぐこともできる。とりわけ「セミコロン」付きの「そして」にその働きが濃厚に託されていた。そこから発想した「そして」スイッチと呼んだものにも、同様の機制が働いている。「自由間接話法」にしても、語り手の地の文であると同時に、そこには作中人物の思いや意識が盛り込まれている。形態的には、間接話法からのヴァリエーションだが、そこには作中人物の直接話法やダイレクトな思いが込められている。参照したバイイもそのように語っていて、その意味で、「自由間接話法」では、語り手の間接話法が作中人物の直接話法に出会っている、と言えるかもしれない。要するに、私がその両方に見いだしたのは、二つの別のことやものがともに成り立つという機微であり機制である。そしてそのことがまた、フローベールの特徴でもあるのだ。

たとえば文章のクセで言えば、フローベールのよく使う言い回しに、tandis que（一方、そのとき）という同時性（ときに対立）を導く接続詞句がある。描写をしていた文が長くなったのに、示された光景を切り分けたくないときに使われる、とプルーストも指摘していた（前掲書、五九二頁）。フローベールはこの表現を多用するのだが、これを使うことで、そこに時の刻印を記さずに済む（「そのとき」とか「と同時に」という接続詞を用いると、時を示してしまう）。つまり、一つの全体を完全には切断しないで済まそうとして、そこに「一方」というように、区切りを入れる働きである。これを使わなければ、単に長い全体となるものを、そこに休止を入れることで、完全には切り分けずに連繋を維持することができる。tandis que はそのような表現であり、それはそのまま、二つのものやことを、別々でありながら全体として維持する「セミコロン付きのそして」や「自由間接話法」と同じ方向性を持っている。とすれば、フローベールの書き方（エクリチュール）に、そのような趨勢があることになる。書き方の傾きの延長線上には、想像力の趨勢や特性がある。そう思った瞬間、私には、プルーストの手になるフローベールの「文体模写」のある部分が思い浮かんだ。すでに本書のはじまり近くで紹介した「文体模写」の冒頭である。そこには、こう記されていた。

鐘が鳴り響くと、ハトたちが飛び立ち、そして、裁判長の命令ですべての窓が閉めきられているので、ほこりの臭いが広がった。

ここに私が見いだした「別々でありながら維持された全体」とは、「ルモワーヌ事件」の裁判の行われる法廷でともに生起している事柄である。「鐘が鳴り響くと」、「ほこりの臭いが広が」る、という別々の事柄にほかならない。しかし、『ボヴァリー夫人』を訳してきた私には、この聴覚と視覚にかかわる二つ事柄が一つの全体を成していて、プルーストがまさにその特徴を「模写」していると思われたのだ。『ボヴァリー夫人』の第I部九章にある、たとえばこんなくだりを私は思い起こしていた。

日曜日、晩課の鐘が鳴り響くと、自分はなんとわびしい気持になることだろう！　ひびの入ったような鐘の音が一つまた一つと鳴るのを、彼女は呆然としながらも気を寄せて聞いていた。どこかの猫が屋根の上をゆっくり歩きながら、淡くなった日のなかで背を丸めていた。

風が吹いて、街道に沿って筋のようなほこりを舞い上げていた。遠くで、ときおり、犬が吠え、そして同じ間を刻みながら単調な鐘の音は鳴りつづけ、田畑に消えて行った。(I・9)

ここにも、フローベールの記述の特質を見ることができる。この雰囲気には、「わびし」さが横溢しているように思われるが、それはこの光景を構成している事物から醸し出されるのではない。すでにプルーストが「世界の表象じたいの、見え方じたいの革命」と言った際に、フローベールの文章では、事物は「それ(事物)が現われる現実のうちに存在するのであって」、「表象された対象が人間であっても、事物として認識されるので、意識によって生み出されるものではなく、現われてくるように描かれている」と指摘していたではないか。『ボヴァリー夫人』においても、フローベールは「この形式を見つけていて、それはおそらくフランス文学のすべての歴史のなかで最も新しい形式」だとも言っていた。その一例として、「ボヴァリー夫人が火で身体を温めたいとする。すると、《ボヴァリー夫人は(彼女が寒気を覚えたなどとどこにも語られずに)暖炉に近づいた……》と語られる」とさえ述べていたのだ。人でさえ、事物のように認識され、たとえエンマが寒さを覚えたとしても、そのようには語られず、暖炉に近づかせて、寒気を覚えたことを示す、というのだ。知覚でさえ、直接的には言及されない。ましてや、フローベールにおいて、物じたいが個々の雰囲気を直接的に醸すことはない。自由間接話法の例の一つとしてあげたヨンヴィルの夜の光景に、それを眺めている人間の気分が貼り付いていたように、風景や物じたいにその気分があるのではなく、しかも、それを見ている人間がストレートにその気分を表明するのでもなく、かろうじて自由間接話法によって、作中人物の気分が表象される。つまり、思いや感情を表象する方法が、フローベールにおいてはこの自由間接話法を通すことにある。ほとんどこれが唯一の方法なのだ。

だから、いま見た引用箇所でも、「わびし」さは、自由間接話法によって「自分はなんとわびしい気持になることだろう！」と告げられるしかない。決して「日曜日、晩課の鐘が鳴り響くと」という鐘の音に最初から「わびし」さがあるのではない。物じたいには、ニュアンスがないのだ。その鐘の音が鳴ることと、つまり物としての音が出現すること（プルーストは「現われてくるように描かれてい」る、と言っていた）と、「自分はなんとわびしい気持になることだろう！」が文のなかで、同時性（「鳴り響くと」というのは「鳴り響いたときに」ということだ）で結ばれるから、さもその鐘の音じたいに「わびし」さがあるように感じられてしまうのだ。しかし、そのように見せているのは、同時性という表象の仕方であって、つまり統辞（シンタクス）にほかならない。

そうしたことを確認して、この記述を見てみよう。「晩課の鐘」とは、午後の終わりを告げる教会の鐘の音である。十七時から十九時くらいのあいだに鳴る、と言われている。エンマは、そのひび割れたような音を「一つまた一つ」un à un 耳にしている。「淡くなった日」がまだ射し込んでいる。そのとき、たまたま風が吹いたせいで、街道に沿って筋のようにほこりpoussièreが舞い上がる。この場面を、日常として考えてみれば、鐘が鳴り、たまたま土ぼこりが街道に上ったという偶然の重なりにすぎないが、小説の場面という意味の織り成される場でこうした連鎖を見ると、そしてすでにプルーストの「文体模写」で鐘の音とほこりの共起を知っているわれわれが見ると、その連鎖は単なる偶然以上のものに見えてくる。遠くで、犬が吠えてさえいる。鐘の音は「同じ間を刻みながら」à temps égaux「単調な音」を刻みつづけ、その「単調な音」にエンマの感じている「わびし」さが重なる。

しかも、この場面の置かれているのが第I部の最終章で、結婚はしたものの、エンマがこんなはずではないと思いはじめるくだりである。そう考えると、鐘の音とほこりの共起という全体に並ぶのは、それを見たり聞いたり知覚しているエンマの感じている「わびし」さという感情なのである。この光景に意味が付与されるとしたら、それを見ているエンマの感情であって、それは、その両者がまるで「そしてスイッチ」のように、同時に並んで作動しているからである。音の響きやほこりじたいに、つまり知覚される事物に、なにかの感情や思いや意味があるのではない。人物の感情や気分がその場面で並ぶことで、その場面に気分や感情が意味として付与されるのだ。フローベールの場合、人の抱く感情や気分について、外側から、語り手が具体的には記述しない。ここでもエンマの「わびし」さは、感嘆符をともなって「自分はなんとわびしい気持になることだろう！」というように、自由間接話法で語られていて、語り手の外側からの説明としてあるのではない。エンマの「自分」の思いが地の文に溶け出しているのだ。フローベールにおいては、テクスト的な空間を共有することで、人の抱く「わびし」さが同じ場にある事物にまで伝播し、付着するのである。その伝播されたものが、意味として事物に付与される。それが、気分のフィルターを通して事物を見るということだ。

そして、テクスト空間とは、エンマが知覚している鐘の音とほこりの舞い上がりという全体にほかならない。繰り返すが、鐘の音とほこりじたいに「わびし」さという意味が最初からあるのではない。それらを見たり聞いたりすることで、知覚を通して、気分や感情やときには体感までもが、テクスト空間に付与される。そして、「わびしい」思いで窓辺にたたずむ新婦は、その場を移動したくなる。それがやがて、ボヴァリー夫妻のトストからヨンヴィルへの引っ越しとして実現されることになるだろう。

テクスト的な共起――ほこりと脈拍①

ここまで読んできた読者は、プルーストの「文体模写」で共起していたことが、単に『ボヴァリー夫人』の一つの場面でも起こっているにすぎない、と思われるかもしれない。しかし、『ボヴァリー夫人』の最大の山場の一つ、第Ⅱ部の「農業共進会」の章の、役場の二階でロドルフがエンマを口説く場面にもこれと同じ事態が見いだされる。同じ事態とは、音とほこりの共起にほかならない。「農業共進会」の来賓である参事官の「とぎれとぎれの言葉」が、「椅子のきしむ音」にさえぎられながら役場の二階にまで聞こえてくる。そこに、「とつぜん後ろのほう」から「長く尾を引く牛の鳴き声」が響き、家畜たちの「鳴き声」までが聞こえてくる。言うまでもなく、そうした家畜たちの鳴き声がエンマを口説くロドルフのセリフと同時に聞こえることじたい、一種の揶揄や皮肉の付与になるかもしれないが、そのくだりを引用しよう。

彼は腕を交差して膝の上に置いたまま、そうやって顔をエンマのほうに上げると、近くからじっと見つめた。ロドルフの目をのぞくと、小さな金の光の筋が瞳の周囲に広がるのを彼女は見分け、彼の髪を光らせているポマードの匂いを感じさえした。そうして彼女はだるさにとらえられ、ヴォビエサールでワルツを踊ってくれたあの子爵を思い出し、そのひげからもロドルフの髪と同じヴァニラとレモンの匂いがし、そして、無意識にまぶたを半ば閉じてもっとよくかごうとした。だが、彼女が椅子の上で身を反らしながらまぶたを閉じかけたとき、はるか地平線のかなたに、古ぼけた乗合馬車「ツバメ」が見え、その背後にもうもうと土ぼこり poussière を長く引きながら、レ・ルーの丘をゆっくりと降りていた。あの黄色い馬車に乗ってレオンはじつによく自分のほうに帰ってきて、そして、あそこに見える道を通ってあの人は永久に行ってしまった！　向かいの、いつもいた窓辺に彼の姿が見えるような気がして、それからなにもかもが混ざり合い、雲のようなものが過（よ）ぎり、いまもなおシャンデリアの明りに照らされて、子爵の腕に抱かれてワルツを踊っているように思われ、レオンは遠くにいるのではなく、いまにもやって来るように思われ……それでいてロドルフの顔が隣にあると常に感じていた。そうしてこの感覚の甘さは昔の欲望に染み込み、欲望は、突風に舞い上がる砂の粒のように香りの強く匂い立つなかで舞い、その香りが彼女の魂に広がった。彼女は何度も鼻孔をふくらませ、それも強く、柱頭のまわりにからまるキヅタのみずみずしい芳（かぐわ）しさを吸い込んだ。彼女は手袋を脱いで、手の汗をぬぐい、それからハンカチを扇（あお）いで顔に風を送り、一方で、こめかみの脈の音を通して群衆のざわめきや一本調子に言葉を読み上げる参事官の声が聞こえた。（Ⅱ・8）

口説きの場面で、口説く男も口説かれる女もおそらく情動が昂進していると思われるにもかかわらず、語り手は周到に作中人物の気持や感情への言及を避けている。語り手は、直接にそれを語ろうとはしない。そこでフローベールが採用しているのは、エンマの感情ではなくその体感を語り手に語らせることだ。体感とは、エンマのこめかみに響く脈拍のことである。「こめかみの脈の音を通して群衆のざわめきや一本調子に言葉を読み上げる参事官の声が聞こえた」とあるではないか。このことによって、ある種の感情がエンマに働いていることがわかる。だが、こめかみの脈拍とは音として知覚されている。ここでもまた、作中人物は音を聞いているのだ。口説かれている状況を考慮すれば、一定に刻まれるはずのこめかみの脈拍が通常より激しく小刻みに打っているだろうと想像はできる。だが、そこまで詳しく描かれていない。テクストに書かれていないことを忖度すれば、情動が昂進したからこそ、こめかみの脈拍が聴覚で聴取可能となったのだろうが、たとえそうだとしても、こめかみの脈拍とは基本的に一定のリズムで刻まれる音だということだ。小刻みの度が増すとしても、点を打つように刻まれることじたいは変わらない。その意味で、すでに見た教会の鐘とこの脈拍のあいだには、ある種の共通性が認められる。教会の鐘は「同じ間を刻みながら」、「一つまた一つと鳴」っていたではないか。やはり、点を刻んでいた。教会の鐘が村という共同体の身体に一定の生活リズムを刻む音だとすれば、「こめかみの脈の音」とはエンマという作中人物の身体に一定の生命リズムを刻む音であって、音と音の間隔は異なるものの、一定のリズムで反復されるパンクチュアル〔点括的〕なものにほかならない。そして、そのようなパンクチュアルな音が刻まれると、フローベールのこの小説テクストでは、風が吹くにせよ、馬車が疾走するにせよ、いかなる物語的な口実を用意してでも、「ほこり」が舞い上がる。現に、エンマが身を反らしてまぶたを閉じかけようとしたとき、「はるか地平線のかなたに、古ぼけた乗合馬車『ツバメ』が見え、その背後にもうもうと土ぼこりを長く引」くではないか。ここでもまた、一定のリズムを刻む音と「ほこり」がテクスト空間で共起している。

共起　事物が現われるテクスト的な現実

『ボヴァリー夫人』が何かを語ろうとするとき、この共起がシグナルのようなものになっているのではないか。少なくとも、テクストを読むとは、そうした共起の担いうるシグナルを察知し、その意味を探ることにほかならない。その意味を、語り手はじかに言葉で示そうとはしない。語り手がそう選択しているという意味で、フローベールがその何かを直接に語ろうとはしないのだ。だが、われわれはすでに一つのレッスンを経ている。「わびし」さの気分で知覚するから、鐘の音やほこりという事物にその気分が意味として付着した例を見た。ならばここでも、舞い上がる「土ぼこり」を認め、「こめかみの脈の音」を聞くとき、その主体のエンマはどのような気分のフィルターを通して事物を知覚しているのか。だが、ここではその気分は言及されていない。その代わり、エンマの体感が語られている。「彼女は手袋を脱いで、手の汗をぬぐい、それからハンカチを扇（あお）いで顔に風を送」る、とあるではないか。プルーストが示唆したように、エンマが寒さを覚えても、そのことは告げずに、黙って暖炉にただ彼女を近づかせるのがフローベールの方法である。だからこの記述で、エンマが火照っていることがわれわれにわかるのだ。おそらく、火照るほど、彼女の情動は高まっているのだろうと推測可能になる。[1] エンマはどきどきわくわくしているかもしれないが、フローベールはそのようにじかに彼女の情動を描かない。せいぜい言及するにしても、やがて「ロドルフが彼女の手を握りしめると、じつに火照って震えてい」たというように、別の人物の知覚を通しての、それも熱や震えという感覚でしか、火照っていることを伝えない。そうした間接性が、フローベールの書き方の特徴なのだ。

それでも、エンマの火照りによって、それが恋にかかわる感情や情動の高揚を示唆していることがわれわれには想像できる。その意味で、この脈拍の音とほこりというテクスト的な共起に、情動の昂進という効果(エフェクト)が対応し、付与されている、と考えることができるだろう。この対応こそが、フローベール的である。というのも、本来的には、脈拍の音とほこりじたいには、情動の昂進という意味はないからで、フローベールがテクストの隣接空間でこのように使うからこそ、そこに意味合いが付与される。もちろんわれわれは、脈拍とほこりの共起的な知覚に、そうした意味合いが付与されていると気づかずに読み過ごすことさえできる。そんなテクスト的な現実じたいに、小説家がどこまで自覚的かはわからない。自覚していようが自覚していまいが、そんなことにかかわりなく、書かれたテクストがそこにあって、そこにはテクスト的な現実がある。すでに紹介した批評的なコメントで、フローベールの書き方こそ「フランス文学のすべての歴史のなかで最も新しい形式」だとプルーストが言うのは、いまみたような直接的な言及の回避を指し、それに代わって「事物」を通して意味を形成しようという点にあるのだが、この「事物が現われる現実」こそ、「事物」がどう現われるかが問題となるテクスト的な現実にほかならない。それは、語られる物語内の現実ではない。なにしろ「事物は物語の付属品として存在しているのではな」い、とプルーストははっきり指摘しているからだ。だから、「こめかみの脈の音」も「馬車のあげる土ぼこり」も、それまで知覚されなかったものが作中人物にとって「現われるように描かれている」ことに注目しなければならない。そのように注目するとき、この二つの「事物が現われる現実」こそ、テクスト的な現実であって、われわれが「共起」と呼ぶのは、この二つの事物のテクスト的な現実への現われ方にほかならない。だからプルーストは、その現われ方を、つまりフローベールの「表象」の仕方じたいを、「革命」という言葉で呼んだのである。

ところで、共起という事態とは対比的に、テクストに「ほこり」だけが現われてくる場合を考えてみよう。たとえば、新入生のシャルルが教室に入ってきたとき、級友の投げる帽子によって教室の床に巻き起こる「ほこり」が描かれていたし、新婚のエンマが、馬で患者のもとに向かうシャルルの立てる「ほこり」を窓辺から目撃しているが、そこにはそれぞれ、クラスのしきたりに戸惑うシャルルの姿が見てとれたり、新婚にふさわしく意気軒昂に馬に乗るシャルルの姿が見えてくるかもしれない。だが、『ボヴァリー夫人』においては、いくら「ほこり」がテクストに現われても、それ単独で生起するかぎり、それを見ている側に情動の高揚といった思いは生まれてこない。たしかに、フローベールには「ほこり」への偏愛のようなものがあるのだろうが、その「ほこり」がそれだけで、何かの意味に結びつくことはない。テクスト的な現実においては、意味は単独では生じないのである。

テクスト的なシグナル——ほこりと脈拍②

地の文に直接的な指示があるわけではないが、明らかに作中人物が恋への情動を高めていると思われる場面がある。すっかりルオー爺さんの治療は終わっているのに、ある日、シャルルは農場を訪れる。みんなは野良に出ていて、そこでエンマと二人きりになる。なぜシャルルの情動が高まったと考えられるかといえば、いまみた火照ったエンマと同じように、この医者が「こめかみの脈打つ音」を聞くからだ。感情をじかに語るのではなく、体感を示すことで感情をわからせようとしている。そして、われわれに興味があるのは、この「こめかみの脈打つ音」がテクスト的な共起をともなっているかどうかだ。これまで、テクスト的な共起は、何らかのかたちで一定の点括的(パンクチュアル)な音が刻まれると、テクスト的な隣接性のうちに、「ほこり」という一語が刻まれる成り行きとしてあった。その、「こめかみの脈打つ音」によってシャルルの情動が高まっていると推測できる光景を見てみよう。

よろい戸のすき間から、敷石の上に日射しがいくつもの細くて長い筋を伸ばし、その筋は家具の角で砕けて、天井にちらちらしている。食卓の上で、使われたコップに蠅(ハエ)が伝いのぼり、底に残ったシードルに溺れてぶんぶん羽音を立てている。煙突から射し込む日の光のせいで、暖炉の壁の煤(すす)はビロードのように見え、冷たくなった灰はいくらか青みを帯びている。窓とかまどのあいだで、エンマは縫い物をしていた。彼女は三角形のスカーフ(フィシュ)をしておらず、むき出しの肩の上に小さな玉の汗が見えた。

田舎の風習にしたがい、彼女は何か飲まないかと勧めた。彼は断り、彼女はあくまでも言い張り、とうとう笑いながら、リキュールを一杯だけなら自分もいただくと彼に提案した。それで戸棚にキュラソーの瓶を取りに行き、小さなグラスを二つ取り出すと、一つにはなみなみと充たし、もう一つにはわずかばかりを注(つ)いで、グラスを触れ合わせてから口に持っていった。グラスはほとんど何も入っていなかったので、彼女はのけぞるようにして飲み、そして、頭をそらし、唇をすぼませ、首をのばしても、何も口に感じないので笑うと、美しい歯並びがのぞき、そのあいだから舌の先がにゅっと出て、グラスの底をぺろぺろと舐(な)めた。

彼女はまた腰を下ろし、縫い物をつづけ、白い木綿の靴下の繕いをしているのだったが、頭を下げて縫っていて、口を開かず、シャルルも黙っていた。ドアの下から入ってくる風に、敷石の上のほこりが少し押しやられ、彼はほこりが床を這う(はう)のを眺め、こめかみの脈打つ音だけが聞こえ、遠く、庭先で卵を産む雌鶏(めんどり)の鳴き声が混じった。エンマはときどき両方の手のひらを当て頬を冷やし、それが済むと、その手のひらを大きな薪載せ台(まきのせだい)の鉄の頭につけて冷やした。（I・3）

シャルルもエンマも押し黙っている。彼女は縫い物をつづけ、シャルルは敷石の床を見ている。するとその敷石の上を、ドアの下から入り込む隙間風に運ばれ、「ほこりが床を這う」ではないか。そのとき、シャルルには「こめかみの脈打つ音だけが聞こえ」、おそらく、それにともなって遠く庭先から聞こえる「雌鶏の鳴き声」も耳にとどいているだろう。テクストの隣接性のうちに起こるこの二つの共起を、見逃してはならない。物語から想定される光景を考えれば、そこにいるエンマが「ほこり」の動きを視覚でとらえているかわからないが、「ほこり」を認めるシャルルには、「こめかみの脈打つ音」が聞こえている。その二つを知覚する主体の情動こそが、ここでは重要なのだ。それらは、これまでなかったものが「現われるように描かれている」。すでに見たように、農業共進会の折に、ロドルフに口説かれるエンマが情動を昂進させる場面と同じではないか。このテクスト的な現実から、シャルルは恋心を昂進させている、と考えることができるだろう。何も直接的に語り手がそのことを説明しなくても、テクスト的な共起によって、情動の昂進が語られているのだ。その意味で、この共起はテクスト的なシグナルと言うことができる。このシグナルが、テクストのはぐくむ意味の方向性というか磁場を決めるのであって、そうした磁場に自身も身を置くから、エンマにまで情動の昂進が及ぶのだ。

これは、明らかにテクスト的な現実であって、だからこそ「エンマはときどき両方の手のひらを当て頬を冷や」し、「その手のひらを大きな薪載せ台の鉄の頭につけて冷やした」とあるではないか。縫い物をしながら、エンマも「ほこり」を見、こめかみに脈拍を感じていた、などとテクストに書かれていないことまで考える必要はない。エンマが手を冷やさねばならないほど火照っているのは、シャルルの情動の更新が物語のなかで伝わったのではなく、情動の昂進がテクスト的なシグナルを形成し、そのシグナルの圏域、つまりテクスト的な隣接性にエンマが身を置くから、シグナルの放つ意味として、情動の昂進が彼女に伝わったのだ。そう考えなければいけない場面である。情動の昂進とは、光景のなかで作中人物が体験する事態でありながら、フローベールにおいては、テクスト的な現実がはぐくむ意味の生成でもあるのだ。間違っても、情動をたかめているシャルルに気づいて、エンマも情動を昂進させたなどと考えないで欲しい。情動の共振などではないのだ。

液体つながり　シードル・キュラソー・汗

そしてそのようなテクストの意味の磁場から見ると、引用箇所のはじめに「食卓の上で、使われたコップに蝿（ハエ）が伝いのぼり、底に残ったシードルに溺れてぶんぶん羽音を立てている」という記述じたいもまた、恋の情動の昂進という意味の方向性になじむだろう。甘いシードルを求めるハエ（とはいえ、日本のものより小バエに近いという）の姿には、蜜に群がり、そこに絡み取られる欲望というイメージが重ねられている、と考えることが許されるだろうか。しかし厳密には、それはテクスト的な現実の外にある。かろうじてテクスト的な意味につなぎとめるとすれば、「シードルに溺れてぶんぶん羽音を立てている」ハエから共示（コノウト）される意味の広がりとしてとらえる必要があるかもしれない。しかし、テクスト的な現実から、そこに接近する方法もある。テクスト的な隣接性のうちに、もう一つ、液体にちなむ光景が描き込まれているのだ。エンマの「むき出しの肩の上に小さな玉の汗が見えた」とあるではないか。エンマとシャルルしかいない空間で、「見えた on voyait」とは、シャルルの視覚以外にない。そのとき、シャルルの視線を介して、底に残った「シードル」の蜜と、顕わな肩に結ぶ汗の小さな水滴は同じ意味の磁場を形成する。間違っては、いけない。蜜と汗という液体に、共通する物質性があるのではない。そうではなく、シャルルの視線に共有されることで、蜜と汗は意味の隣接性を獲得するのだ。やがて詳しくふれるが、主題論批評（テマティスム）なら、すぐさまそこに、物質としての共通性を見出し、そこから想像力の共通性というテクスト的な現実の外にあるものを導入するだろう。そのとき、液体なら液体に、テクストとは無縁に、共通する物質性を付与してしまう。テクストに持ち込まれる前から、その物質に固有の想像性が見出されてしまう。意味が、その想像性から捻り出されてしまう。しかしながらそれは、テクスト外での意味の捏造にほかならない。

　そこでわれわれは、あくまでテクスト的な隣接性にこだわりたい。そうすると、液体を介した二つ記述が浮かび上がる。一方は、「シードルに溺れてぶんぶん羽音を立てている」ハエであり、他方は、エンマの「むき出しの肩の上」の「小さな玉の汗」に見入るシャルルである。羽音を聞くことと汗の滴を見ること。またしても聴覚と視覚の共起だが、この二つの記述を重ねることで、両者の意味的な方向性が決まるのだ。ここでも、テクストで意味を決定するのは、単独の行為や記述ではないことが確認される。この二つが重なるから、シードルという蜜に溺れもがくハエが、汗の水滴を肩に浮かべるエンマに見入るシャルルが、水量としては溺れるほどない汗の滴を通してエンマに溺れてゆく、という意味の方向性が生じるのだ。なぜなら、ハエとシャルルは液体を前にして、いわば同じ立ち位置にいるからである。差し出された事物＝イメージを、テクストに重ねるように並べること。この操作を行ったのは小説家フローベールだが、これをテクストの現実として受けとめ、積極的に重ねて意味をとりだすのは読者である。小説家は、もちろんその効果を承知している。しかしフローベールはそれ以上踏み込まない。

　そして、じつに感動的なエンマの仕草がそこに並べられる。彼女はシャルルにキュラソーを勧めるためか、自分のグラスにもごくわずかにこの液体を注いで、その「底をぺろぺろと舐(な)め」るのだ。グラスの底にある液体を舐めるエンマの「舌の先」。液体とのあいだに取り結ばれるこの仕草によって、彼女の「舌」は、グラスの底に残ったシードルに溺れるハエと同じ位相に身を置くことになる。ハエと重なったシャルルじたいとも重なる。ということは、ぶんぶん羽音を立てているのは、エンマの「舌」ということにもなる。テクストの方向性とは、もちろん意味の磁場の方向性であるから、ここではそれを、情動の昂進という方向に読むことが許されるだろう。そのとき「ぶんぶん羽音を立てている」のはハエであると同時に、エンマの欲望でもあって、彼女はグラスの底を舌で舐める仕草によって、そうした欲望と一体化したのである。だからこそ、エンマは火照った手を冷やす必要がある、ともいえるのだ。エンマはこうして、シャルルの情動の昂進を受けとめるための、いわばテクスト的な資質を具えていたことになる。

　この液体つながりじたいも、テクストに並んで配されているという意味で、これまた一種のテクスト的な共起と言えるだろう。そう見てくると、引用の冒頭のハエの羽が立てる「ぶんぶん」という「羽音」も、「庭先で卵を産む雌鶏(めんどり)の鳴き声」もまた、「こめかみの脈打つ音」という一定のリズムで刻まれる音を通して聴取される音といえるだろう。内側に近い脈拍の音に敏感になる作中人物は、同時にまた外部の音にも敏感である。その意味で、「ほこり」と脈拍の音が共起すると、その周囲のテクストに独自の意味の磁場を波及させ、そこに置かれた事物を意味の磁場に取り込んでしまうのかもしれない。「ほこり」と音の共起に接した液体は、もはや単なる液体としてはテクストにとどまれないだろう。

第六章　主題論（テマティスム）批評と「テクスト的な現実」

主題論（テマティスム）批評と物質の想像性

前の章で、主題論（テマティスム）批評について、やがて詳しくふれると言っておいた。というのも、テクスト的な現実という視点とは相容れないところがテマティスム批評にはあるからだ。私は、学生のころから、テマティスム批評に魅せられながら、しかし一つだけ常に気になっていた問題がある。その問題が、この批評が事物や物質に内包される想像性に依拠せざるを得ない点である。そして、その依拠した想像性が、テクストの細部に対し超越的な点にほかならない。つまり、水であれ、大地であれ、空であれ、火であれ、それらの物質に内包されるイメージ性がそれらの出てくるテクストの細部とはかかわりなく最初から決められていることだ。個々のテクストの細部とは切り離され、代わりに、物質の持つ趨勢から引き出された想像力が語られてしまう。

そこに違和感を持っていた。

主題論(テマティスム)の金字塔と言われるジャン＝ピエール・リシャールの『フローベールにおけるフォルムの創造』[1]に、その一例を見出すことができる。たとえば、液体について、フローベールの書簡集から「ぷかぷかと浮かんで川をくだってゆく枯草のように、僕はとりとめもなく考える」（一八五〇年二月十九日付、ルイ・ブイエ宛）という文言を引用した直後、「ゆるやかな重たい水、それはほとんど揺れ動く倦怠でしかない。存在はそのなかを、活力を失った想像力の傾きにしたがって流れてゆく」（同書、五七頁）と批評的な指摘をする。主題論(テマティスム)批評が、テクストを作品以外に求めることは問題ではない。書簡といえども、テクストと言えるからだ。だがそうしてつくりあげた主体（フローベールであれば、フローベール的存在と呼ばれる）は、明らかにテクストを超えた存在にならざるを得ない。それでも、それはテマティスム批評が開拓した領域として認めるのに吝(やぶさ)かではない。若かった私は、そこから新しい批評が日本でもはじまる、と期待したほどである。だが、川にぷかぷかと浮かぶ枯草のイメージから、「ゆるやかな重たい水」を取りだすのは、テクストの細部を読みとる場合、あまりに安易ではないか。枯草が浮くのだから比重の重い水だと、という論理はわからなくはないが、枯草であれば（枯草だから水を吸ってはいないだろうから）、どんな水でも浮くのではないか。そのテクスト固有の水の想像性ではなく、水についてわれわれがふだんから持つ一種の常套句(クリシェ)的なイメージなのだ。そうして「重い水」というタームが取り出され、「重い」という意味が「水」に付与されてしまうのだが、それはなぜかと言えば、そのあとで「それはほとんど動く倦怠でしかない」という意味の目的地（「倦怠」）があらかじめ見えていたからである。極端に言えば、「倦怠」につながるように「水」は「ゆるやか」で「重い」ことが求められるのだ。その特質が、水という液体に「倦怠」という意味を付与する理由づけになっている。そして、そのように取り出されてみれば、たしかに「水」という物質に「倦怠」というイメージはなじむのだ。

　しかし、そうして意味を固定してから、それを「エンマの想像」に結びつけるとき、その意味はますますテクスト外的な言説としてふくらんでゆく。「そのとき、あらゆる瞬間とあらゆる場所が交差する。水の流れるままに。時間と空間の流れるままに。私はもはや、どこにいるのか、いつなのか、自分がだれなのかさえ分からない」（同書、五七頁）と展開されても、書簡にあった「ぷかぷかと浮かんで川をくだってゆく枯草のように」という比喩（イメージ）から、エンマさえ超え、存在とか自我の同義語である「私」が、「どこにいるのか、いつなのか、自分がだれなのかさえ分からない」といった「観念の稀薄」化が語られても、いささかもテクストじたいの細部とは無関係な想像（もうそう）的な形而上学が繰り出されるにすぎない。だからその果てに、「そうして私は生地（ペースト）になり、その結果、事後のあらゆる差異を豊かに秘めたあの無差異の状態をとりもどし、そして物質の液化力によって今の自分とは異なるものにたえず生成、再生成できるという期待につきうごかされる」（同書、六三頁）と結論されるとき、物質を液化して得られる「生地（ペースト）」という状態が想像力に連想させる状態から、「今の自分とは異なるものにたえず生成、再生成」と指摘されると、物質のもたらす想像力（この場合、それは「生地（ペースト）」の可塑性である）と存在の「生成、再生成」という事態との、単なるイメージの連想にすぎないのではないか、そこにテクスト的な現実がどうかかわっているのか、きわめて胡乱な気持を私はかき立てられるのである。もっと率直に言えば、この論旨を支えるイメージとは、捏（こ）ねて姿を変えることのできる「生地（ペースト）」の可塑性が、「生成、再生成」という存在の可塑的な事態として語られているにすぎない。物質のイメージを介在することなく、テクストの細部に、存在の可塑性を読み取ってほしいのに、細部は忘れられたままなのだ。その点に、私は主題論（テマティスム）批評に魅せられながら、その一方で、物質の状態がもたらす連想が存在論的な用語で大きく語られているにすぎない、という思いを拭いきれなかったのである。

「自我は事物に向けて発汗する」

このように、リシャールの批評をテクスト的な現実につき合わせてしまうと、物質の状態を前提に語られる小説家の自我や存在（それをリシャールは「私」と呼んだりする）の形態が、リシャールの批評を味わう以外には意味を持ち得なくなるのではないか。いわゆるリシャール節に、若い私は酔いしれていたのだろうか？　物質から引き出される想像性が、変幻自在に見え、魅了されたことは確かだ。後年、フローベール論を読み返してみて、私がそのことを痛感したのは、こんな「滴」をめぐる批評言説においてである。

「じっさい、滴というものはまずその起源からして神秘的である。滴は無から生まれる。というかむしろ、滴はみずからとは最も根源的に異質な諸要素のうえで玉をなす。源泉の謎は、露出の観念に、見えはしないが想像しうる液体の連続性の概念に帰着する。それなのに、壁や岩といった平らな表面は湧き出る滴がいかに形成されるのかを想像することはむずかしい。こうした固くしまった表面はどれも、滴の出現をはばむかに見える。ところが、どこからともなく出現した滴は、生気をおびてそこに一種のしるしとしてあり、その誕生を可能にした拡散力をとりもどすためには、壁を越えるか壁のなかに入りこまなくてはならないと告げている。すでにゲラン〔フランスの詩人、散文詩「ケンタウロス」がある〕は、ケンタウロスが生を授かる洞穴（ほらあな）の奥底において、滴の誕生の無償性を痛烈に感じ、そこに一種の存在の発汗を見、神々の恵みを見ている。フローベールにおいて、この動きは逆向きになる。自我は事物に向けて発汗するのであり、そして滴は源泉においてではなく、生の極みにおいて形成される。滴は内部の弛緩から生まれるのであり、それは存在の衰退の表面において玉になる。滴は無気力を凝縮して外部に吐きだすことによって、無気力を一時的にやわらげる。それは弱さの告白であり、もしく

は、もはやおさえきれない過飽和である。」（同書、四八頁）

見事な言説であり、リシャールを存分に楽しめる。しかし、ここで語られる「滴」が、たとえば先ほど引用したエンマの肩にできる「小さな玉の汗」というテクスト的な細部とどう関係するのか。「自我は事物に向けて発汗する」と見得を切られても、「滴は源泉においてではなく、生の極みにおいて形成される」と言われても、そうか、エンマは事物に向けて発汗したのか、などとすぐに頷けない。「滴は内部の弛緩から生まれるのであり、それは存在の衰退の表面において玉になる。滴は無気力を凝縮して外部に吐きだすことによって、無気力を一時的にやわらげる」に至っては、これは汗による発汗ではなく、存在の発汗なのだと気づかざるを得ない。しかし、エンマの汗は、内部に抱えた「無気力」の発露なのか、と考えはするものの、まだ結婚に失望していない若い娘のうちに「無気力」を想定しても、小説はいっこうに輝かない。「滴」という液体の様態を、ほとんど想像的なメタファーとして使いながら、リシャールは、発汗じたいを内部の弛緩から無気力を凝縮して外部に吐き出す、いわば存在の発汗作用として読み取ってしまう。その論理の重ね合わせは理解できるものの、物質が可能にする想像性とそこから析出される存在様態があまりに遊離しているのではないか。こう見るかぎり、主題論批評（テマティスム）は、テクスト的な現実（それはテクストの細部にある）を読むこととは無縁な批評だということがはっきりするだろう。

「塵埃」と「頭髪」　テクストの外の類似性

だから私が気になるのは、一方で「テクスト的な現実」を称揚しながら、他方で、テマティスムの手つきを残す蓮實重彦の『『ボヴァリー夫人』論』に収められた「塵埃と頭髪」[2]にほかならない。その冒頭から「『頭髪』と『塵埃』とは驚くほどよく似ており、ときに、ほとんど同じものだとさえいえる。あたかもそうした指摘へと読むものを誘っているかのような『ボヴァリー夫人』の『テクスト的な現実』は、この二つのオブジェの類似や等価性をことさら気にもとめずにいたものたちを少なからず驚かせる」(同書、三二七頁)とはじまるのだ。「それぞれの単語の配置が物語の推移にもたらす効果において、頭髪と塵埃とはきわめて似かよった機能を演じている。その機能は、主題論的なものでもあれば説話論的なものでもあり」(同)とあるのだが、そう言いながら、次の段落に移ったとたん、「類似は、テクスト外的な領域でもすぐさま明らかなものになる」(同書、三二八頁)と言って、「テクスト的な現実」の外部での類似に目を配るのだ。しかしいったいそうする必要などあるのだろうか。すでにリシャールを例に見てきたが、そこにあるのは「テクスト的な現実」とは無縁に展開される物質のイメージをめぐる言説でしかないのだから。むしろ、「類似は、テクスト外的な領域でもすぐさま明らかなものになる」という一文は、フィクション論がどれほど「テクスト的な現実」から目を背けているかを指弾してきたこの本にとって、結果的に、その舌鋒を弱めることにしかならない。

「頭皮に生えそろった髪の毛は、物体にとってのほこりのように、その集積が表面をおおうものだからである」（同書、三二八頁）と指摘されても、それはテクストの外で、この二つの物質がまとう想像的な趨勢ではないか。『ボヴァリー夫人』のどこで、表皮をおおっている頭髪と塵埃が等価性を発揮し、テクストの磁場を形成しているのか。駆け落ちはできない旨の手紙をロドルフが書く前に、手紙や小物を入れておくビスケットの箱で、エンマの髪とほこりくさい臭いが隣接性のうちに姿を見せるが、それがテクストに強い磁場を形成しているとは思えない。あるいは、砒素を呑んで自殺したエンマの髪を、シャルルが忘れ形見に望んで、オメーが切り刻む場面があるが、そこではほこりは生じてはいなかった。そうしたテクストにちなむ等価性を示してもらわないかぎり、いくらテクストの外での類似性を指摘されても、それは二つの物質のうちにあるこの世界で観察できる類似性一般の域を出ない。「そうではなく、あくまでこの世界で観察しうるまぎれもない『現実』のありさまを喚起する記号として、読むものの目を惹きつけるのである」（同書、三二九頁）と言われても、そうした「現実」は「テクスト的な現実」ではない。かりにそうした「現実」を喚起する「記号」だとしても、それはテクストのなかの記号たりえない。

「髪の毛が切りとられて人体から引き離されることがあるように、塵埃も大気の流れにあおられ、それが降りつもっていた物体の表面を離れ、そこから遠ざかることがあるともいえる」（同書、三二八頁）と指摘されれば、たしかに「テクスト的な現実」を離れてみれば、髪が切られれば頭皮を離れ、塵埃は大気にあおられれば積もっていた表面を離れもするだろうが、そうしたことが、いま語ろうとしている「テクスト的な現実」とどう切り結ばれるのだろうか。「髪の毛が人間の死後も腐敗をまぬがれて世界にとどまるように、塵埃もまた、物質が崩れてその形態を見失ってからも、なおその表層にとどまり続ける。つまり、頭髪と塵埃とは、ある種の時間的な耐久性を共有しているといえる」と言われる「時間的な耐久性」（同）は、テクストのなかの時間とはかかわりない。それが「テクスト的な現実」を基底に据えるこの本にとって、どれほどそぐわない指摘であるかは明らかである。だから、その種の詳細な類似を数え上げて、「たった一本の髪の毛やたった一粒の塵は、それじたいほとんど存在しないも同然のはかなさに徹していながら、あるかないかの一本や一粒がふとまとまりあったりすると、そのいずれもが、すでに消滅してしまったもののかつての現存を寡黙に証言しているという類似、もしくは等価性が認められる。これは、何とも否定しがたい事実だといわざるをえない」と力を込めて言われても、「かつての現存を寡黙に証言し」うる事物はほかにもたくさんあるだろうし、むしろ知りたいのは、この二つの物質が『ボヴァリー夫人』のなかで、物質の常態とはかけ離れたテクスト独自の類似性を刻んでいるかであって、だから「これは、何とも否定しがたい事実だといわざるをえない」という「事実」は、まさにテクストの外にしかない。

微細性と希薄性

そうした「時間的な耐久性」に対して、「頭髪と塵埃には空間的な共通性もそなわっている」と展開されるのだが、その空間とは、やはりテクストの外にしかない。「大地に直立する人間という祖型的なイメージを想い描いた場合、髪の毛と砂ぼこりとは頭部と下肢という人体の両極に位置することになり、しかも、そこではそれぞれが決定的な形態におさまることなく、大気の流れにそってゆるやかになびいたり、足の動きにつれてさっと舞いあがったりするという自在な運動性を共有しあっている」という類似性は、「祖型的なイメージ」の一語に際立つように、まぎれもなくテクスト外のイメージであり、ほとんどユング的な（「祖型」を『大辞泉』で確認したら「元型」を参照とあり、そこには「ユングの用語」とあって、「集合的無意識の領域にあって「時代や地域を超えて繰り返し類似する像」を「表出する心的構造。祖型」とあった）イメージとさえ言えるほどである。私がリシャールの主題論（テマティスム）批評に危惧を覚えたのは、物質の想像力に依拠する姿勢が、バシュラールを経由してユングにまでつながりうるという危惧にほかならなかった。テクストでの意味やイメージを扱うときに、その外側で人間だれしもが有しているイメージをテクストに持ち込むことがひどく危険に思われたからである。

だから「微細性という共通の存在様態におさまりながら、あるときまでは肉体と物体の一部でありながら、しかるべき瞬間にはもはやその一部ではなくなっているという存在様態の希薄さを、みずからの希薄さそのものにおいて誇示しているからだ」（同）と読んだとき、そこにリシャールを経由したような言説を認めて、それが「テクスト的な現実」ではないと危惧したのである。まず、「存在様態」じたいがテクスト外的であり、テクストの外で物質がまとう「希薄さ」が「存在様態の希薄さ」だと言うとき、そこには物質のまとう趨勢の隠喩（メタファー）として「存在様態」が設定されている。主題論（テマティスム）の言説が、しばしば隠喩（メタファー）的な思考を展開するのは、そのせいである。それにしても、いったい「微細性という共通の存在様態」がどうして「存在様態の希薄さ」に読み替えられるのか、私にはわからない。第一に、それはテクスト外的な物質の様態ではないか。だから、それを「存在様態」に持ち込むとき、その言説は比喩的にならざるをえない。第二に、「微細性」と「希薄性」が物質の状態として見ても、どこまで等価性を発揮するのだろうか。反対に、「微細」であることが稠密性を招き寄せることだってある。そこには、主題論（テマティスム）批評の好む文学性のようなものが温存されているのではないか、と訝りたくなる。というのも、「存在の希薄化」とは、テマティスムが好む文学的な常套句（クリシェ）だからである。リシャールのテマティスムで、存在の濃密化を正面から肯定的に語ったものがどれほどあるだろうか。単にリシャールの好みだと言われればそれまでだが、存在が濃密になっただけでは文学にならないからだろう、とつい憶測を働かせたくなる。

同じ人物の同じ視線

要するに、蓮實重彥の「塵埃と頭髪」の冒頭の三ページ半ほどは、「テクスト的な現実」を重視する批評には必要ないのではないか。しかしながら、「テクスト外的な領域でも」と承知しながら、「塵埃」と「頭髪」の類似性が強調されると、むしろ強調されるたびに、「テクスト的な現実」が遠ざかるように思えてならない。だから、私は一刻も早く、「テクスト的な現実」に立脚したこの章の読みに触れたかったのだが、そこでもまた、「そこで、まず、『塵埃』と『頭髪』の主題にかぎって、テクスト外的な参照を作者の時間軸にそって行ってみる理由を詳しく説明しておく」という文言に遭遇するのだ。つまり、『ボヴァリー夫人』にいたる前のテクストにも、後の『感情教育』にも、「塵埃」と「頭髪」が等価性を発揮している箇所があって、それらを辿った後で、「それを言語とその表象をめぐる個人的な嗜好の単調な反復ととるか、主題論的な一貫性と解釈するかは微妙な問題である」と述べるのだが、私は過去のテクストを参照してても、それが作者によって書かれたテクストであれば、「テクスト外的な参照」などと言わなくてよいと思う。どれもフローベールの書いたテクストなのだから。ただ問題なのは、「テクスト的な現実」に向き合った読みのなかに残るテクスト外的な残滓にほかならない。

それは、「語や文の意味の解読とは異なるより周到な文脈そのものの解読が要請される」と断って、ページ上では離れているものの、つまりテクスト的な隣接性は欠いているものの、テクスト的な両者の等価性が取り出される箇所に見てとれる。どちらもジュスタンという薬屋の見習いが同じような視線で「塵埃」と「頭髪」を見る、という形で見事に両者のテクスト的な等価性を取り出すところである。同じ人物が、同じように対象（それが「塵埃」と「頭髪」である）を見入ることで、テクスト的に二つの物が等価であると指摘する、じつに「テクスト的な現実」が強く意識された批評である。ただそこに、一つだけ、どうにも納得できない指摘がなされている。この分析じたいは、じつに批評的な慧眼に充ちているのだが、その一方は、エンマがロドルフの館にまで逢い引きに行き、泥で汚れた靴をジュスタンが磨く場面にかかわる。乾いた泥が「一条の日の光のなかに静かに舞いのぼ」り、ジュスタンが「そのほこりをじっと見入った」というくだりである。その場には、ボヴァリー夫人はいないから、ジュスタンは「乾いた泥が細粒となって大気中にたちのぼるさまを黙って見つめることで、不在のボヴァリー夫人その人と交わっているかに見える」というのは、日ごろのジュスタンのエンマへの憧れを考慮すれば、そうかもしれないと首肯できるのだが、「そこだけに陽光がさしこんだ部屋の大気中に漂う微細な粒子の、希薄ではありながらもその着実な運動ぶりに視線を送りながら」、「見ている主体としての自分自身をひたすら希薄なものとして、外界との相互浸透というべきものを受け入れている」という指摘には、首肯できない部分がある。どうして「大気中に漂う微細な粒子」が「希薄」なのか？　テクストのどこにも、その日射しを通して見える土ぼこりが希薄だとは書かれていない。土ぼこりが舞うぶんだけ、大気が濃くなる、という逆向きの可能性が捨象されているのではないか。見入ることで生じる主体と客体との「相互浸透」によって、自己の存在が「希薄」になる、という存在の希薄化が先に志向されているのではないか、とさえ推測したくなる。細かいことだが、この場面の土ぼこりの舞い上がる光景を、「希薄」の一語に結びつける「テクスト的な現実」とは何なのか、その前後を繰り返し読んだが、私にはわからなかった。大気のなかに土の粉が散乱して見えるから、その散乱ぶりがかえって大気を奪うように見えて、そのぶん希薄に見えるということだろうか、とも考えてみたが、わからない。それとも、見入っている以上、そのときジュスタンは自己を忘れているはずだ、というテクストに描かれていない事態を想像して、自己の「希薄」化と言ったのか？　とすれば、理解できなくはないが、やや「テクスト的な現実」を超えた読み替えとならざるをえない。

　同じことは、今度は目の前に現前するエンマの髪を見るジュスタンについても言える。ボヴァリー夫人は、ジュスタンがいるのには「目もくれず」、「頭をさっとひと振り」して、「髪全体が漆黒（しっこく）の巻き毛をのべて、膝の後ろまでほど」く。はじめてこの「光景を目（ま）のあたり見たとき、あわれな小僧ジュスタン」は、「不思議な新しい世界へ踏み込んだ」思いにとらえられ、「まばゆいばかりの美しさにむしろ恐怖」さえ覚えるのだ。その分析でも、ほどけた髪の「揺れる動きに目を奪われたジュスタン」は「見ている主体としての自分自身をひたすら希薄なものとしようとする」と指摘されるのだが、見られている髪が希薄だという記述もなければ、おそらくジュスタンは見入っているのだろうが、「新しい世界へ踏み込んだ」と思うものの、エンマの髪の美しさに「恐怖を覚える」ものの、その「主体としての自分自身をひたすら希薄なものにしようと」はしていない。テクストのどこにも、希薄化などとは書かれていない。

ただ、「塵埃」を見入ったように、ここでも「頭髪」に見入った、ではいけないのだろうか。見る主体を希薄化させなくても、同じ人物が同様の視線で見つめれば、見つめられた事物にはテクスト的に共通性が成立する。私が疑問に思うのは、主題論的な方法を導入することと同時に、主体の「希薄」化までが導入されてしまったことである。その希薄化は、だから主題論とともに、テクストの外にあるものなのだ。テクストにとって外部に当たるものが、「テクスト的な現実」の名のもとに召還されるとすれば、それこそその一点から、じわじわと批評の論旨矛盾が全体に波及しはじめるのだ。私が主題論（テマティスム）批評に危惧する一点は、そこにある。

第七章　隣接性と類縁性

「ぽたりぽたり」

ところで私には、『ボヴァリー夫人』で気になる場面がある。それは、第Ⅰ部二章にある光景で、シャルルが骨折したルオー爺さんの往診を済ませた後の、玄関ステップでエンマに見送られる光景にほかならない。「いつも」とあるから、往診を済ませた後はかならず、エンマは医者を玄関ステップまで見送りに出ていたことがわかる。そうしたなかの「あるとき」、私の気になる光景が差しだされる。

彼女はいつも玄関ステップのいちばん下の段まで彼を見送った。馬がまだ連れてこられていないと、彼女はそこに残っていた。別れの挨拶はすんでいて、もう口は利かず、外気が彼女を包むと、うなじの短いほつれ毛を乱雑に煽り立てたり、腰のところでエプロンの紐を揺り動かし、紐は吹流しのように身をよじったりした。あるとき、雪解けのころで、中庭では木々の皮が濡れ滴り、建物の屋根の雪がとけかかっていた。彼女は戸口に立っていたが、日傘を取ってきて、開いた。鳩の喉の色の日傘を日射しが透過して、彼女の顔の白い肌はちらちら動く照り返しで染められていた。彼女は傘の下の生暖かさに微笑み、そして、ぴんとはったモアレ地に、水滴がぽたりぽたりと落ちる音が聞こえていた。（Ⅰ・２）

ここで気になることといえば、「うなじの短いほつれ毛」といい、「彼女の顔の白い肌」にちらつく日傘を透過した「日射し」といい、この光景を目にしているシャルルにとっては、情動が昂進してもよさそうな光景なのに、これまで見てきたようなテクスト的な共起が生じていないことだ。共起とは、言うまでもなく、こめかみの脈拍の音や鐘の音と舞い立つほこりや風に吹き流されるほこりの共起である。この光景で、一定のリズムを刻む音なら、玄関ステップに立って医者を見送るエンマの広げた日傘の「ぴんとはったモアレ地に、水滴がぽたりぽたりと落ちる音が聞こえていた」とはっきり記されている。屋根から落ちる雪解けの「水滴」で、「ぽたりぽたり」une à une と聞こえている。原文では、「人は聞いていた」on entendait と書かれているから、その場にいるエンマとシャルルを名指さずに指している。「ぽたりぽたり」というのは、教会の鐘の音やこめかみの脈拍の音と同じく、一定のリズムを刻む音にほかならない。この一定の間隔をおいて反復する音があれば、これまでは「ほこり」がテクスト的に共起し、それがテクストに情動の高揚という意味の磁場をもたらしていた。なのに、前後を読んでも、雪解けのしずくが屋根から落ちるこの湿った光景には、「ほこり」が舞い上がる要素は見当たらない。エンマに見とれるシャルルの視点から見られているこの光景は、たしかにシャルルの情動の高揚の気配は感じられるのに、「ほこり」という一語が記されてはいない。私はそのことが気になったのである。

「ほこり」がない！

それでも、シャルルの目にとまる動きはある。「外気が彼女を包むと、うなじの短いほつれ毛を乱雑に煽り立てたり、腰のところでエプロンの紐を揺り動かし、紐は吹流しのように身をよじったりした」と記されていて、そうした外気に煽られる動きが、シャルルの目に、エンマを官能的に映したとしてもおかしくはない。ただ、そのように直接的な説明がなにもないのも、いかにもフローベール的である。

私は繰り返しゆっくりこの箇所を読み直した。何度読み返してみても、「ほこり」は立っていない。目に付くものといえば、「鳩の喉の色の日傘を日射しが透過して、彼女の顔の白い肌はちらちら動く照り返しで染められてい」ることくらいだ。フローベールは、波紋状にきらきら輝くモアレ地やハトの首筋に輝く玉虫色を愛していることは承知していたが、それは「ほこり」ではない。

もっとも、「鳩の喉(のど)の色の日傘」を透過した日射しが「彼女の顔の白い肌」を「照り返し」で「ちらちら」と「染め」ている光景じたいは、シャルルが彼女を見初めるにはふさわしい。外部のモノによってしか内部を描かないフローベールの方法を考えると、シャルルの情動はここで、おそらくひとりの女を見初めるにふさわしく高まっていることだろう。外気になぶられたほつれ毛やエプロンの紐の動きも、そうした意味の方向性に添うものだ。なのに、これまで確認してきたページとは異なり、音はあるのに、「ほこり」と共起していない。

テクストを強引に解釈するのではなく、テクスト論に興味のない読者にも納得してもらえるように、私は、テクストで否定しようなく起こっている「ほこり」と音の共起に注目してきたのだが、ここで立ち往生してしまった。そうした思いのあまり、私はテクストを狭く堅苦しく読もうとしたのではないか、とも考えた。しかし、フローベールの書き方を考えれば、この場面で、シャルルの目に映るエンマの姿が官能的に記されていることは確かである。引き裂かれたようになった私は、「ほこり」がテクストの上で担う役割を何かが引き継いでいるのではないか、と考えるようになった。引き継ぎ得るとすれば、いったい何だろうか？　ここでは、エンマの顔の上にちらちら揺らめく傘を透過した日射しの照り返しがシャルルの視線を引きつけているのだろうが、その日射しの「照り返し」と「ほこり」は、物質としては明らかに異なり、形状を度外視した想像的な趨勢においても、共通性が見えないのに、担う意味や効果に共通性のようなものがはたしてあるのだろうか？　しかも、その共通性がテクスト的な現実を離れ、物質の素材だけに根ざす想像力の共通性だとしたら、それはテクストで生じる意味の磁場になんらかかわりをもたない。私がすでに第六章で表明したように、主題論批評（テマティスム）に一抹の不安を抱きつづけるのも、その点である。テクストの上で生じる意味の等価性には、テクストを離れた物質としての共通性など、何の根拠にもならない。その意味では、日射しの「照り返し」と「ほこり」に物質としての共通性がないことじたいはなんら問題ではない。その両者が、テクストの上で、意味の等価性を獲得する事態（これを私は「テクスト契約」と呼ぶが）を惹起しているかどうか、そのことこそが問われねばならない。たしかに、両者には運動性のような共通性はあるかもしれないが、何よりもテクストを介した類縁性が確認できることが必要なのだ。

近さが誘う

　このことについて、こちらのわずかな経験から言えば、テクストの上では、隣接性が等価性の代わりをすることがきわめて多い。隠れた等価性が隣接性を促すのかもしれないが、大胆に言ってしまえば、テクストの近くで扱われることが表面的な類似の有無を越えて、関係の類縁性を際立てる場合がきわめて多い。あるいは、隣接的に扱われた事物どうしは、表からは見えない類縁性をテクストの上で発揮しやすい、と言い換えてもよい。簡略化していえば、テクストの上では、近くにあることが類似性を誘い、類縁性が近さを誘う。これまた小説テクストを読んできたという経験的な物言いになってしまうが、すぐれた小説家ほど、一見共通性のないものを近くに置き、やがてテクストのなかでそこに共通性を読者に見出させる。

そして、ついに私は『ボヴァリー夫人』のうちに、そのような近さが類縁性を際立てている光景を見出したのだった。生地商人のルルーがはじめてエンマのもとを訪れ、商品を見せ、買わせようとする場面である。

するとルルー氏は、アルジェリアの肩掛けを三枚〔当時アルジェリアというと、オリエンタル趣味と植民地趣味に対する嗜好が流行っていた〕、イギリス針を数箱、麦藁のスリッパを一足、最後に四人が透かし彫り細工を施したココヤシの実の卵立てを四個とりだして、慎重に並べた。それから、彼は両手をテーブルに突き、首を伸ばし、上体をかがめ、ぽかんと口をあけながら、これらの品々のあいだを、決められずにさまようエンマの視線を追った。ときどき、まるでほこりでも払うように、丈いっぱいに広げられた肩掛けの絹地の上を爪ではじき、そして、肩掛けは軽やかな音をたてて震え、夕暮れの緑がかった光を受けると、布地の金のつぶつぶはまるで小さな星々のようにきらめいた。（Ⅱ・5）

『ボヴァリー夫人』の重要な光景と同じく、ここにも「夕暮れの緑がかった光」が射している。エンマの目の前には「丈いっぱいに広げられた肩掛け」がある。その「絹地」の肩掛けには、「金のつぶつぶ」が輝いている。商人はときどき、「まるでほこりでも払うように」、その「絹地の上を爪ではじ」く。おそらく新商品だから、そこに「ほこり」などないはずだが、だからこそ「まるで」という類似や近似を招き寄せる表現が付与されているのだろう。だが、その「ほこり」を払うかのように見える仕草は、「絹地」の上に射しているであろう夕暮れの「光」を、「金のつぶつぶ」に当てて「まるで小さな星々のようにきらめかせ」てしまう。ルルーは、光が射している布地を「ほこり」を払うようにはじけば、「布地の金のつぶつぶ」が輝くことを承知していて、一種のデモンストレーションをして見せたのかもしれない。ただ見ておきたいのは、その「ほこり」を払う仕草から、じっさいに放たれるのは「ほこり」ではなく、「小さな星々のような」きらめきにほかならない。

これが「テクスト契約」と呼んだものである。このルルーの何気ない仕草によって、「ほこり」と「小さなきらめき」が隠し持つ類縁性が確認される。それを、私は自分の経験を引き合いに出して、テクスト上の隣接性が類縁性を促す、と言ったのである。この生地商人の「ほこり」を払うかのような仕草によって、そこから「ほこり」の代わりに「小さな星々のようにきらめ」きが生じるとすれば、「ほこり」と「小さなきらめき」がこのテクストの上では意味効果の等価性を発揮しているのではないか。これはイメージの等価性を結ぶ一種の契約にほかならない。このようなテクストの細部に支えられて、『ボヴァリー夫人』は読まれなければならないだろう。そこでは、「ほこり」と「小さなきらめき」が似ている必要はない。「ほこり」をはじく仕草によって、布地から立ち上がるからこそ「小さなきらめき」は「ほこり」となるのである。その等価性をもたらすのが「テクスト契約」にほかならない。

ほこりと小さなきらめき

私はルルーの仕草によって、「小さなきらめき」と「ほこり」の等価性がこのようにテクストの隣接性のうちに結ばれるのを見て、当初の、医者を見送りに玄関ステップに傘を持って立つエンマの場面をふたたび思い起こしていた。

彼女は戸口に立っていたが、日傘を取ってきて、開いた。鳩の喉（のど）の色の日傘を日射しが透過して、彼女の顔の白い肌はちらちら動く照り返しで染められていた。彼女は傘の下の生暖

かさに微笑み、そして、ぴんとはったモアレ地に、水滴（しずく）がぽたりぽたりと落ちる音が聞こえていた。（Ⅰ・2）

ルルーの、布地の上にないはずの「ほこり」をはじく仕草が、いわばテクスト契約として、「ほこり」の等価物を代わりに舞い立たせてくれた。それが「小さなきらめき」である。そして、この光景にあっては、日傘を透過してくる「日射し」が「彼女の顔の白い肌」に「ちらちら動く照り返し」投げているではないか。この彼女の顔を染めている「ちらちら動く照り返し」こそ、ルルーの示す布地の上でちらちら動く「夕暮れの緑がかった光」であり、「小さなきらめき」にほかならない。金のつぶのある布地から日射しをはねかえして生じる「小さなきらめき」と、玉虫色の布地を透過した日射しの「照り返し」には、まさに等価性がある。私はこうして、エンマの開いた日傘を透過した日射しの顔への「照り返し」と「ぽたぽた」という水滴（しずく）の「音」に、これまでと同じように、それを知覚する者の情動の昂進を読みとったのである。小説にははっきり書かれていないが、シャルルは、玄関ステップに立つエンマの姿を見て、胸が高鳴っていたのである。

日射しに舞い上がる土ぼこり

それだけではなく、私はもう一つの光景を思い出した。作業をする女中フェリシテの傍らで、まとわりつくように「うろちょろ」するジュスタンが、代わりにエンマの泥のついた靴をみがくと言い出す場面である。すでに、彼女の靴に付着したcrotte〔糞、泥〕という言葉の多層性に、作者のアイロニーを指摘した箇所であり、蓮實重彥が「塵埃と頭髪」を語る際に注目した箇所として紹介している。

「こっちに構わないでおくれ！」と彼女は糊壺（のりつぼ）の位置をずらしながら言った。「さっさと帰ってアーモンドでも乳鉢ですりつぶすんだね、女のそばにずっとまとわりついてばかりでさ、そんなことをやるのは、顎（あご）にひげでも生えてからにしな」

「さあ、そう腹を立てないでくれよ、代わりに奥さんの靴をみがいてやるからさ」

そしてたちまち、小僧はドアの縁のほうに手を伸ばしてエンマの靴をとったが、その全体が泥——逢い引きの泥——まみれで、指で触れると粉になって剥（は）れ落ち、彼は日射しを浴びながら音もなく舞い上がるほこりを見入った。（Ⅱ・12）

薬局の見習い小僧は、エンマの靴に付いた泥に触れると、それが「粉になって剥（は）れ落ち、彼は日射しを浴びながら音もなく舞い上がるほこりを見入った」と記されているではないか。またしても、そこには「日射し」があって、その光を浴びながら、「ほこり」状となった乾いた泥の粉が舞い上がっている。もとが泥のせいか、そこには微細な「粉」が「日射し」を受けてきらきら輝くという記述じたいはない。それでも、「日射し」が粉末に当たることで、その粉末が微細なきらめきを放つことは想定できるだろう。[1] 薬局の小僧が見入っているのは、そのような光景である。見入るジュスタンに情動の昂進があるかもしれないと推測はできるが、そこまでの詳細な描写はない。しかしながら、すでに、ルルーの布地の「ほこり」を払うような仕草から、「ほこり」に代わって「小さなきらめき」が日射しを浴びて放たれる光景を知っているわれわれは、同様にこの場面で、「日射し」を浴びた土の粉が微細なきらめきとしてあるだろうということも承知している。そこには、日射しのなかで微細なものが舞う、という光景の類似性が認められ、「ほこり」と「小さなきらめき」の等価性も、同様にまた認められるのだ。

「小さなきらめき」と「ちらちら動く照り返し」

　繰り返すが、こうして「ほこり」と「小さなきらめき」の類縁性や等価性がテクストの隣接性のうちに確認されれば、先ほどの、日傘をさして玄関ステップに立つエンマにシャルルが見入る光景の、傘の布地を透過した「日射し」が「彼女の顔の白い肌」に与える「ちらちら動く照り返し」を理解できるようになる。それはまさに、顔の上をちらちら動いている「小さなきらめき」ではないか。ルルーの仕草によって、「小さなきらめき」と「ほこり」の等価性が、すでにテクストの隣接性のうちに結ばれているのであれば、この場面の「ちらちら動く照り返し」もまた「ほこり」とのあいだに濃密な等価性を有していることになる。その光景には、すでに指摘したように、一定のリズムの刻む音（「水滴（しずく）」の「ぽたりぽたり」）が響いていて、そこには欠けていた「ほこり」の代わりに、「鳩の喉の色」の布地の傘を透過した「ちらちら動く照り返し」が共起しているのだ。だから、そのようなエンマを見つめるシャルルにとって、情動は昂進していたのである。明らかに、光景としては情動が高まるのに、「ぽたぽた」という音の傍らに「ほこり」がないとかつて訝しく思い、「ほこり」とテクスト的に等価性を発揮しうるほかのものがないだろうかと考えもし、「ほこり」と「小さなきらめき」の等価性を、ルルーの示す布地の上で「夕暮れの緑がかった光」を浴びてちらちら動く「小さなきらめき」のうちに見出したのだった。そして、ジュスタンの見入る、日射しのなかの土ぼこりの運動を見て、さらには日傘を透過する日射しの「照り返し」を見た。そうした一連の「小さなきらめき」には「ほこり」との等価性がある。それはおそらく、フローベールの好む「モワレ地」独特のきらめきや「鳩の喉の色」の玉虫色につながるものかもしれないが、そのようなテクスト外的な類似性はともかく、テクストの上で結ばれた等価性がこうしてテクストの他の部分に波及してゆき、そこに新たな意味の磁場をつくりあげることこそが重要なのだ。

はっきり小説には書かれていないが、シャルルは、玄関ステップに立つエンマの姿を見て、胸が高鳴っている。そうした意味の磁場に包まれて、シャルルは寡黙ではあるが、エンマに恋したのだ。「ぽたりぽたり」と落下する水滴の音を聞きながら、「ほこり」と等価な日射しの「ちらちら動く照り返し」が共起している。それらを知覚しているシャルルの情動は、昂進している。だから単に、日傘をさすエンマの姿が美しいからシャルルは恋をした、と考えるのはあまりにナイーブな小説の読み方である。鈍感に見えるシャルルだが、テクストが放つシグナルには敏感に感応している。『ボヴァリー夫人』においては、「ほこり」の舞い上がるのを見つめ、あるいは「小さなきらめき」を目にとめ、一定のリズムで刻まれる音を聴取できる者だけが、テクストの放つシグナルを察知することが許されるのだ。エンマを口説けても、ロドルフにはそのシグナルを察知することはできない。テクスト的な現実には、そうしたシグナルが飛び交っている。

〈書くこと〉あるいは「長く辛い交接」——きらめきと鼓動

そこで私は、さらにこうも考えた。では、情動の昂進が明らかな場面では、はたして「ほこり」や「小さなきらめき」と一定のリズムを刻む音が隣接しているのだろうか？　逆から考えたのである。『ボヴァリー夫人』には、少なくともあと二つ情動が昂進する場面が残っている。

ともに、不倫の恋へと踏み出すきっかけになる場面である。その一つは、エンマがロドルフとはじめて情を交わす場面であり、もう一つは、エンマがロドルフに捨てられたあと、再会したレオンの口説きを受け入れる場面である。まずは、エンマがロドルフに身をまかせる場面だが、ある意味で、その箇所が『ボヴァリー夫人』で最も情動が昂進される場面かもしれない。なにしろ、エンマがはじめて不倫の恋に身をまかせるからである。修道院の寄宿学校時代から、ロマンチックな恋愛小説のたぐいに夢中になり、結婚しても、そのように育まれた恋愛がいっこうに充たされないことに疼きを覚えているところに、女たらしのロドルフに口説かれ、健康のためにと勧められた馬による遠出の際に、エンマは身をまかせることになる。やがて帰宅した後には、自分にも恋人ができた、と娘時代に憧れていた長年の夢がかなったとさえ思い込むだろう。こんな場面である。

> 　ドレスのラシャ地が男の上着のビロードに絡まった。彼女がのけぞると白いのどが見え、ふくらみ、ため息がもれ、そして、気が遠くなり、涙に暮れながら、長々と慄き、顔をおおって、身をまかせた。
>
> 　夕闇が降りてきて、地平線をかすめる日の光が枝を抜け、彼女の目をくらませた。自分の周囲のあちらこちらに、木々の葉叢にも、地面にも、光の斑点が震えていて、まるでハチド

リが飛びながら羽を撒き散らしたようだった。あたりは静かで、甘やかな何かが木々から漏れでているようで、彼女は自分の心臓が鼓動を再開し、血潮がまるで牛乳の流れのように体内をめぐるのを感じた。そのとき、はるか遠く、森の彼方の別の丘のほうに、引き延ばされたはっきりしない叫びを彼女は聞いたが、それは漂うような声で、黙って聞いていると、その声は興奮した自分の神経のいまなお残る震えに、音楽のように混ざり合ってくる。ロドルフは、葉巻をくわえ、切れた片方の手綱をポケット・ナイフでつくろっていた。(Ⅱ・9)

すでに指摘したように、エンマにとって、ロドルフにはじめて身をまかすこの場面は、やはり情動が昂進している場面となっていると考えられる。となると、われわれの関心は、そのような場面をテクストの上で実現している二つの事態の共起がここに記されているのか、ということになる。「ほこり」とか「小さなきらめき」が見られ、同時に「脈拍」などの一定のリズムを刻む音が記されているのだろうか?

「夕闇」が迫っているものの、地平線には最後の「日の光」があって、枝のあいだを抜けて射すその光にエンマは「目をくらませ」る。言い添えれば、『ボヴァリー夫人』においては、重要な場面にはほとんど日が射している。そのせいか、彼女の周囲のあちこちに、木々の葉叢や地面にまで、「まるでハチドリが飛びながら羽を撒き散らしたよう」に「光の斑点(はんてん)が震え」

るのだ。このあちこちに「撒き散ら」されたように見える「光の斑点（はんてん）」こそが、まさに「小さなきらめき」にほかならない。玄関先に立つエンマの「顔の白い肌」を、モアレ地の日傘を透過して差し込む「日射し」が「ちらちら動」いて「照り返しで染め」る光景、つまりシャルルが目にしてエンマを見初める光景に情動の昂進という意味の磁場をあたえる「ちらちら動く」日射しの「照り返し」と同じではないか。ルルーが布地の「ほこり」を払うと、日射しの当たっている布地から放たれる「小さな星々のような」きらめきと同じではないか。

そして、この「撒き散らしたよう」な「光の斑点（はんてん）」に促されたのか、テクストにはエンマの感じる「心臓の鼓動」が記されている。ここでは「心臓の」と限定されているから「鼓動」と訳したが、フランス語としては「脈拍」と同じ battements である。おそらく、「心臓の鼓動」なので、耳から遠いということもあって、「感じた sentait」とあるのだろうが、その音を聞こうが、その音を肌に感じようが、同じことである。テクストには、「脈拍」と同じ「鼓動」という一定のリズムが刻まれている。すると、これまで見た多くのテクストの例にもれず、他の音や響きが聴取されるのだ。ここでは、そのとき「はるか遠く、森の彼方の別の丘のほうに、引き延ばされたはっきりしない叫び」をエンマは聞く。これもまたテクストの共起が引き寄せる音にほかならない。そう考えない限り、どうして身をまかせた直後に、そのような「叫び」をエンマが耳にするのか、わからなくなる。まちがってもこれを、エンマが内面の叫びをそのように聞いたなどと考えないでもらいたい。なぜなら、われわれがこれまで見てきたように、情動の昂進にかかわるような場面では、共起する一方の事態として、聴覚にとどく音が要請されているからだ。ましてや、繰り返すが、エンマが同時に感じる「光の斑点」や「心臓の鼓動」から、それは官能の高ぶったエンマの感官に生じる共感覚なのだろうなどとも言わないでほしい。

この二つは、フローベールの書き方に固有の趨勢であって、強いて言えば、二つの別々のものを同時に書き並べてしまいたいというこの小説家の嗜欲にかかわっている。自ら持つそうした趨勢や嗜欲が、情動の昂進を必要とする場面で刻まれている、ということなのだ。想像をたくましくすれば、〈書くこと〉の情動も高まっているのかもしれない。ここで、工藤庸子が『ボヴァリー夫人の手紙』の詳細な脚注で触れていたように、フローベールは『ボヴァリー夫人』を書きながら、「書く行為と愛の行為をアナロジックにとらえて」[2]ていたことを思い起こしてもよい。じっさい、一八五三年十二月十三日付のルイーズ・コレ宛の手紙には、「『ボヴァリー』にかかりっきりです。いまや〈ラブシーン〉の真っ最中、そのどまん中というところ。汗はかくし、喉はひきつるし。（……）頭がくらくらしてしまいました。今は、両膝と背中と頭が、ずきずき痛む。まるで女とやりすぎた男（失敬な表現で失礼）みたいですよ。つまり、ある種の陶然たる疲労感のなかにいる」（同書）と書かれている。友人のブイエ宛の手紙では、「長く辛い交接」coït long et pénible（同書）という言葉さえ見ることができる。性愛の昂進する場面を書きながら、フローベールもまた〈書くこと〉において情動を昂進させていたのだ。フローベールは「まるで女とやりすぎた」みたいと比喩で語っているが、ここには、〈書くこと〉と性愛との、比喩を超えた本質的な等質性を認めることができる。

だから、情動が高まる光景に、〈書くこと〉の偏差のようなものが刻まれるのではないか。その偏差を、われわれはテクスト的な共起としてこれまで読んできたのである。性愛やそこに向けて情動が昂進するとき、小説家の〈エクリチュール〉もまた昂進している。昂進などと言わずに、〈エクリチュール〉が発情しているのだ。そうした発情の状態に置かれるからこそ、小説家といえども、コントロールしているようでいて、逆にコントロールのきかない、むしろ〈書くこと〉にコントロールされてしまうような危うさが際立つのである。われわれに興味があるのは、手練(てだれ)の作家をもコントロールしてしまう、この〈書くこと〉に潜む危うさにほかならない。〈書くこと〉には、書いているつもりが、書かされている、という事態が多分にあって、その書かされているところに、小説家の想像力の趨勢が際立つのである。いずれ九章で、そうした危うさの痕跡に触れてみたいと思う。不思議にも、〈書くこと〉のコントロールを逃れることと、〈書くこと〉をコントロールすることは、結果としてよく似ているのだ。

第八章　テクスト契約をめぐって

馬車という密室と視点

　ところで、前章で語った情動の昂進にかかわる場面は、まだ一つ残っている。ロドルフに捨てられたエンマは健康を損ない、その回復によいだろうとルーアンの劇場にエンマを連れ出すシャルルは、そこで偶然にもレオンと再会する。劇場を抜けて三人で歓談するうち、勧められるままに、エンマだけもう一日そこに残ってさらにオペラを聞いて帰ることになったが、かつては口説けなかったのに、パリからもどったレオンは、二人だけになる機会を待ち構え、エンマを口説きにかかる。翌日、エンマの投宿している宿の部屋で、レオンはなんとか口説こうとするが、うまく行かず、とにかく次の日、大聖堂で会うことだけは取りつける。エンマは、レオンの口説きを断る手紙を用意し、届けようとするが、住所を知らない。結局、「この手で手紙を渡そう」とエンマは思い、そうして二人は会うことになり、大聖堂をめぐった後、レオンが半ば強引に辻馬車を見つけてきて、それに二人は乗り込む。エンマは手紙を渡して口説きを断ろうとしたのに、その手紙を渡すことじたいがレオンに口説く機会をさらに提供する。二人が乗り込んだ馬車は、窓が閉め切られ、外からの視線を遮断していて、地方では前代未聞の姿であてもなくルーアンの町を疾駆する。その馬車のなかが、レオンの口説きがなされて成功をおさめる空間となっている。つまり、情動の昂進が刻まれる場面となっている。

ところが視点は馬車のなかにまで入ろうとしない。だから、エンマはそこで口説かれているといっても、おそらくそうだろうとしか言えない。なにしろ密室状態の馬車の客室に、語り手は視点を自在に伸ばして行かないからだ。これは、視点が語り手から動かない、語り手のもとを離れない、ということでは断じてない。われわれは、語り手が教室にいる級友のもとや部屋にいるエンマのもとにまで視点を伸ばして語ってきたことを知っている。だからこの場面では、あえて馬車のなかにまで視点を伸ばさない、と語り手は判断しているのだ。どうしてなのか？

密室空間に語り手が視点を入れようとすれば、そこにいかなる空間にも侵入可能な視点が誕生する。いかなる空間にも視点を移動できる語り手は、必然的に、物語のなかのことを何でも知っているオール・マイティの位置に自分を置くことになる。なぜなら、そのような視点こそがいわゆる「神の視点」と呼ばれるものだからだ。「神の視点」を持つ語り手は、勢い、神の位置に身を置くことになる。フローベールは、そのような視点を持つ語り手を拒む。だから、レオンとエンマが乗り込んだ馬車に、視点を入れようとはしない。それで語り手は、語るべき室内の状況を持たない。

じつは私は困りきってしまった。これまで語り手の視点が作中人物のそばにあったからこそ、その「こめかみの脈拍」の音も「心臓の鼓動」の刻みも聞けたのではないか。傍らに視点があると考えられるから、「ほこり」や「ちいさなきらめき」を知覚した作中人物に気づくことができた。だが、馬車の密室に語り手の視点が入れなければ、そうした情動の昂進にかかわるシグナルをどうとらえればいいのか？　しかも、密室でレオンが口説きつづける空間とは、いやでも情動の昂進する場面のはずである。

神の視点とその廃棄

ところで私は、そうした視点とは逆に、密室にこそある情報を求めて、そこに難なく入ってしまう視点と語り手のことを考えていた。フローベール以前の十九世紀の作家なら、ほとんど無自覚に、秘密を語るために視点をむしろ密室にまで入れてしまう。ときには、語り手を兼ねた作中人物として、自ら密室に忍び込みさえする。念頭に浮かんだのは、自分で訳したバルザックの『ゴプセック』である。

手短にその話をさせてもらえば、『ゴプセック』の主人公は高利貸しのゴプセックだが、じつは作中人物の代訴人デルヴィルが語る物語のなかに、そのゴプセックは出てくる。だから、名乗らない語り手が語るのはゴプセックの逸話ではなく、デルヴィルの話であり、そのデルヴィルが物語のなかでさらにゴプセックの話を目の前の人物たちに披露する。二重に語りの枠がある物語の構えになっている。そのデルヴィルの語りのなかに、「私はゴプセックじいさんといっしょに真夜中に伯爵邸に駆けつけました」という一節がある。伯爵とは、代訴人の顧客で、真夜中とは、ちょうどこの顧客が息を引き取った後である。にもかかわらず、デルヴィルはその時刻前の、自分には知りようのない伯爵とその妻のやりとりやその断末魔を目の前の人物たちにどうどうと語って聞かせる。死の床についている伯爵の寝室の様子まで、その妻も入れてはもらえぬという密室の詳細まで、顧客の貴族たちに語ってきかせる。それは、自分の知らないことをデルヴィルがでまかせに語っているのではなく、後からだれかに聞いたというのでもなく、バルザックにおいては、作中人物であれ語りを引き受けたら、知らないものは何もない、入れない密室など一つもないオール・マイティの「神の視点」を手にしていることを意味しているのだ。自分が手にしているものが後々サルトルによって「神の視点」などと呼ばれ、批判されることなど承知していないだろう。それが当時の語りの常態なのだ。

同じように、バルザックの語り手は、女性の私室（もちろん密な空間である）にさえ視線を持ち込もうとする。だから同時代の批評家サント＝ブーヴに、「閨房の作家」などとスキャンダラスに悪口を書かれてしまうのである。「閨房」とは、貴族の女性が心を許した人間だけをむかえるプライベート・ルームである。だから語り手が自在に視点を動かし、作中人物のごく近くに貼り付け、あるいは逆に、いっさい作中人物のいる密室には近づけないようにできるまでには、フローベールを俟(ま)たなければならない。そしてわれわれは、その視点が「自由間接話法」の多用とともにもたらされた、とバイイやバフチーンをもとにすでに述べた。その意味では、「自由間接話法」の方法論的な多用こそが、無頓着に作中人物のもとに介入してしまう「神の視点」を無効にしたとも言えるだろう。そのことがどれほど小説を新たなパラダイムに載せたことだろう。だから、レオンとエンマだけがいる馬車という密室に視点が入って行かないのは、視点の問題であるばかりか、表象の仕方の問題であって、その意味で、「神の視点」の濫用を無効にしたのは新しい語り方であり、文の新しいシンタクス（統辞法）にほかならない。言うまでもなく、フローベールがそうした新しい表象の仕方をはじめたのだ。そしてそのことを、プルーストは「フローベール論に書き加えること」のなかで、まさに表象の「革命」[1]と呼んでいたのである。

馬車の走りを刻むもの

それでは、『ボヴァリー夫人』の馬車の場面に移ろう。その密室に、レオンとエンマが二人でいる場面だが、視点がずっとその外部にあるため、なかで何が起こっているのかわからない。馬車は動く密室として、ルーアンの町とその周辺を、窓を閉め切ったままひたすら移動する。そうした馬車じたい、引用にもあるように、ルーアンの人間にとって、見るのも異様な代物である。少し長いので、途中の通りや場所の名前の列挙は省くことにする。第Ⅲ部一章である。


「旦那(だんな)、どこへやりますか?」と御者が訊いた。

「どこへでも好きにやってくれ!」とレオンはエンマを馬車のなかに押し込みながら言った。

そして重い馬車は動きだした。

馬車はグラン＝ポン街をくだり、デ・ザール広場からナポレン河岸に出て、ヌフ橋を渡り、ピエール・コルネイユ像の前で急にとまった。

「そのまま走らせて!」と内側から声が飛んだ。

馬車はまた動きだし、ラ・ファイエットの十字路を過ぎると、下り坂に運ばれるままに行き、全速力で鉄道の駅の前に入った。

「いや、まっすぐ行ってくれ!」と同じ声が叫んだ。

辻馬車は駅前の鉄柵を出て、やがて散歩道に出ると、大きなニレの木々のあいだをゆっくりと跑足で進んだ。御者は額をぬぐい、革の帽子を膝のあいだにはさむと、馬車を大通りの側道の外の川べりの芝生の近くまで進めた。

　馬車は川に沿って、乾いた砂利の敷いてある曳船道を進み、長いことかかり、川中にある島々を通り越し、ワセルのほうへと向かった。

　しかしとつぜん、馬車は一挙に駆けだし、カトルマール通り、ソットヴィル通り、ラ・グランド＝ショッセ通り、エルブッフ街を抜けて、植物園の前で三度目の停止をした。

「さあ走った！」と声は一段と激しく叫んだ。

　そしてただちに馬車はまた走りだし、サン＝スヴェール通り、キュランディエ河岸、オ・ムール河岸を通って、もう一度ヌフ橋を渡り、シャン＝ド＝マルス広場を通り、養老院の庭の裏手を抜けた（……）。馬車はブーヴルーユ大通りを上り、コーショワーズ大通りを走り切り、やがてモン＝リブーデ通りをすっかり走ると、ドゥヴィルの斜面にまで至った。

　馬車は引き返し、そして、そのときから決まった先も向かう方向もないまま当てどなく、馬車はとりとめもなく進んだ。（……）御者はときどき、御者台の上から居酒屋に絶望的な視線を投げた。どこにも止まろうとしないこの客たちを衝き動かしている移動への熱狂がどこから来るのか、合点が行かなかった。ときどき止めようとしたが、たちまち背後から怒りの叫びが浴びせられた。そこで、汗だくの二頭の駄馬にいっそう激しく鞭をくれるものの、馬車の揺れなどお構いなく、あちこち引っかけても、気にもかけなくなり、意気阻喪し、喉(のど)の渇きと疲れとつらい気持にほとんど泣きそうになった。

そして河港では四輪の荷車や大樽のさなかで、通りでは車よけの石の傍らで、窓かけを閉めきった馬車といった地方では途方もない代物(しろもの)を目の当たりにすると、町の人びとはびっくり仰天のあまり大きく目を見開くのだが、それは墓よりもなお閉ざされた姿を、船さながらに激しく揺さぶられた姿を、そんなふうに絶えず見せるのだった。

一度、昼のさなかに、野原の真ん中で、日射しがもっともきつく古びた銀メッキの角灯に当たっていたときに、小さな黄色い布の窓かけの下から、一つの手がにゅっと出て、破いた紙切れを投げ捨て、それが風に乗ってずっと遠くの花ざかりの赤いクローバーの野原に落ちかかり、さながら白い蝶のようだった。(Ⅲ・1)

正直に言えば、私はこのくだりを読み返して、しばし途方に暮れた。馬車のなかの見えない空間では、パリ帰りのレオンがエンマをさかんに口説いているだろうとは推測できる。ロドルフに振られた傷心から癒えつつあるエンマは、態度では口説きを断るつもりでも、二人きりの馬車に乗り込んでしまった。いやでも、情動が高まる場面であろうと思われる。だからこれまで見てきたように、私は「小さなきらめき」とか「ほこり」にかかわる記述と一定のリズムで刻まれる音を探したのだが、これが見当たらない。

またしても私は、何度もゆっくり読み返した。「心臓の鼓動」や「脈拍」ばかりを探していた私は、あるとき膝を打った。馬車のなかの二人の至近に視線が貼り付かなければ、そんな音は聞きようがないではないか。この場面で、そこまで視線を侵入させないからこそ、『ボヴァリー夫人』はそれまでの物語とは異なる小説になっているのだ。そのことを、プルーストの言葉を参照しながらいま述べたばかりではないか。そして私は、「農業共進会」の際に、エンマが「こめかみの脈拍の音」を耳にしながら、その背景音として、演説する来賓の声を聞いていたことを思い出した。あるいは、動物の鳴き声がときどき闖入してきた。エンマとシャルルが二人きりになったベルトーの台所には、遠く庭先から、雌鶏の鳴き声もとどいていた。そうだ！　この密室の馬車の場面にも、一定のリズムで刻まれる声がある。馬車を走らせながら御者が停止するたびに、走れと命ずるレオンの声にほかならない。目的地もなく走るせいで、ついつい馬車は止まってしまう。ある距離をでたらめに走ると、必ず停止が入る。するとその声が御者を叱咤して、また馬車は走り出す。その停止と走りのリズムが、テクストを読むかぎり点（パンクチュアル）を刻むように刻まれている。具体的に、走りと走りのあいだに発せられる言葉を抜き出して見てみよう。それは御者の耳にとどく音なのだ。

「どこへでも好きにやってくれ！」これで馬車は走り出す。ピエール・コルネイユ像の前で馬車が急にとまると、「そのまま走らせて！」と声が飛ぶ。馬車が鉄道の駅の前に入ると、すかさず「いや、まっすぐ行ってくれ！」と同じ声が叫ぶ。植物園の前で馬車が三度目の停止をすると、「さあ走った！」と声は一段と激しく飛ぶ。その後、馬車はとりとめもなくルーアンの町と周辺を走り回り、引用では多くの通りや地名を省いた箇所だが、それでも「ときどき止めようとしたが、たちまち背後から怒りの叫びが浴びせられた」とあるように、馬車は、走り、止まり、罵声を浴び、走り、止まり、罵声を浴びる、の繰り返しを刻む。レオンの発する馬車を走らせるこの声こそが、密室の作中人物の至近に視点が入り込めないこの場面で、「心臓の鼓動」や「脈拍」に代わる一定のリズムを刻む音になっている。私にはそう思われた。

馬車から投げ捨てられた紙切れ

私はふたたびテクストをゆっくり読み返した。情動の昂進する場面で、一定のリズムを刻む音は読み取ることができた。ならば、「ほこり」や「小さなきらめき」はテクストに記されていないのだろうか？　明らかに、記されてはいなかった。自分が見つけたつもりになっていたテクストの特異な偏差が、つまり情動の高まりを記そうとするとテクストがこうむる偏差が同様の場面でいつでも起こるとはかぎらないことを、私は噛みしめていた。まあ、それもまたテクスト的な現実である。それでも情動の高揚を書こうとすると、テクストはある程度の頻度で、

「ほこり」や「小さなきらめき」を「音」とともに刻む。それはそれでテクストにしっかり刻まれている。そう私が思いかけたとき、気になっていたエンマの仕草が念頭に浮かび、と同時にそれにちなむコメントを思い出していた。それはいましがた引用した最後の部分である。『ボヴァリー夫人』でも有名な光景で、若いときから気になってもいた箇所だ。

一度、昼のさなかに、野原の真ん中で、日射しがもっともきつく古びた銀メッキの角灯に当たっていたときに、小さな黄色い布の窓かけの下から、一つの手がにゅっと出て、破いた紙切れを投げ捨て、それが風に乗ってずっと遠くの花ざかりの赤いクローバーの野原に落ちかかり、さながら白い蝶のようだった。(Ⅲ・1)

じつは、この馬車から投げ捨てられた「破いた紙切れ」とは何か、をめぐって、翻訳をするまで私は真剣に考えたことがなかった。つまり、男女が密室にいて、そこから不意に投げ捨てられる「紙切れ」とはエロティックに読むこともできる。学生時代の私は、概してそのような解釈をまわりから聞かされていた。だからなんとなくそう思っていたのに、翻訳を開始する前に読み直した私は、「破いた紙切れ」déchirures de papier という言葉につまずいたのだった。とりわけ、単独では「裂け目、破れ目」とか「裂傷、破裂」を意味する déchirures という語が使われて入る。この déchirures de papier をふつうにとれば、それはびりびりと引き裂かれた「紙切れ」で、男女の秘め事のあとに残されるであろう「紙」とははっきり趣が違う。だいいち、その種のものなら破かないのではないか。しかし私は、そうは思いつつも迷っていた。自分の性分を考えれば、いざとなれば、信じているほうをとるだろうとは感じていた。ところが、決断をつけていない私の背中を、思いがけないことに、強く押してくれる場面に遭遇したのである。

去年（二〇一四年）の手帳を見ると、七月十二日（土）の二時から、御茶ノ水で行われた蓮實重彥氏の『『ボヴァリー夫人』論』の刊行を機になされた講演を私は聴きに行った。ふだん、あまりそのような講演を聴かないのに、こちらが『ボヴァリー夫人』をこれから訳すと聞いたのであろうか、フローベールを専攻していたかつての教え子から、よかったら蓮實さんの話を聴きに来ませんか、と誘われたのだった。来ませんか、という以上、その元学生も聴きに来るだろう。会うのも久しぶりだから、出かけてみようと決心し、席の予約を入れたのだった。時間の少し前に着いて、会場に入ると、講演スペースの傍らの席で、見知った顔がにこにこしながらこちらを手招きしている。市川真人さんだった。その隣の席に着くと、正面は蓮實重彥さん、その隣に工藤庸子さんがいて、歓談していた。挨拶を交わしながら、私は工藤さんの言葉に耳を傾けた。いま私が問題にしている密室の馬車から投げ捨てられる「紙切れ」の話をされていたのだった。

その話の筋道を、私なりにまとめると、こうなる。この馬車から投げ捨てられる「紙切れ」は、その直前にエンマが宿で書いた手紙、つまり書き終わってみたら相手の住所もわからず、その手紙を渡すためにも、翌日、言われた場所に行かざるを得なくなった当の手紙が、密室の馬車のなかで、レオンの口説きを受け入れたために不要になり、それを破いて捨てたとしか読めない。フローベールの書き方を考えれば、巷間で言われているようなエロティックなものではありえない、という内容だった。その話を聞きながら、手紙に何が書かれたかまでは記述されていないものの、そのときの文脈から考えて、レオンの口説きを拒む旨の内容であることは間違いなく、だとすれば、断りの手紙を書いてしまい、そうなれば手紙をじかに手渡す以外に方法がなく、それを手渡す機会が相手に口説きの機会を与える、といういささか皮肉な成り行きの妙を私は噛みしめていた。要するに、「破いた紙切れ」の放擲(ほうてき)とは、前日、宿でしたためた手紙が不要になったからで、まさにエンマがレオンの誘いを受け入れたことを伝えている。とはいえ、いつものようにフローベールは、エンマが口説きを受け入れたとはひと言も書かない。いわば無言のまま、仕草だけで語るのだ。

テクスト契約

その話を思い出したとき、私はあらためて、だとしたらその「紙切れ」には、文字が記されていたはずだ、その文字の記されていた紙がびりびりと引き裂かれて馬車から投げ捨てられ、「白い蝶」のように宙に舞ったのである。いったいそのことが、「ほこり」や「小さなきらめき」が少しも出てこない事態とどうかかわるのか？　おそらく読者はいぶかしく思われるだろう。たしかに、その通りである。しかし私には、それが手紙であることこそが重要であった。馬車から投げ捨てられた「破いた紙切れ」は、密室の外から見られている以上、だれにもそれが破かれた手紙の紙片だとはわからない。だから、そこに刻まれているはずの文字への言及などしようがない。それを語りで加えてしまえば、視点を密室のなかまで侵入させないのに、投げ捨てられたものが手紙だと知っていたことになり、知らず知らずのうちに語り手が「神の視点」を身にまとっていることを意味してしまう。だから単に「破いた紙切れ」が白い蝶のように舞い散る、とフローベールは記したのだ。

しかし、それが反故（ほご）にされた手紙であることが私には重要だと言った。というのも、手紙であれば、語り手の言及はないものの、テクストでは何も触れられていないものの、そこに文字が刻まれているだろうと思ったからだった。つまり私のうちには、これまでの『ボヴァリー夫人』の読みを通して、「ほこり」と手紙の文字のあいだに、形状こそまったく異なるものの、テクストの隣接性が招き寄せる類縁性が感じられていたのだった。一度言及したが、もう一度ここで要点を説明すれば、隣接性が招き寄せる類縁性とは、元来、似ているものどうしが近づく（類縁性が隣接性を招き寄せる）ことが多いのに、テクストという意味の磁場では、これが逆に働くことが多い。近づくことによって似る（隣接性が隠れていた類縁性を引き出す）のである。一見、異なるように見えるものどうしでも、近くに置かれることによって、秘かに類縁性を発揮しはじめる。それが小説というテクスト固有の磁場で起こることだ。だとすれば、情動が昂進するような『ボヴァリー夫人』の場面で、きわめてしばしば一定のリズムで刻まれる音と「ほこり」がともに記されるとすれば、その「ほこり」の代わりに置かれたものが、「ほこり」との類縁性を担いはじめるのではないか。すでに「小さなきらめき」を、そのようなテクストの隣接性のうちに見出していた。さらに、その「ほこり」の代わりに配されているのが、文字の書かれていたはずの「破いた紙切れ」ではないか、と私にはぴんと来たのである。とすれば、一定のリズムで御者を叱咤する声音と隣接する文字の書かれていた「紙切れ」に、「ほこり」との等価性があるかもしれない。工藤庸子さんの指摘を思い出しながら、私はそのように考えたのだった。

私は「ほこり」と手紙が隣接する場面を思い浮かべようとした。それは、『ボヴァリー夫人』にいくつかあった。いっしょに駆け落ちしようとエンマに持ちかけられたロドルフが、口では応じるように振舞いながら、これはできない相談だと断りの手紙をしたためる際に、女たちからの手紙を入れたビスケットの箱（そこには当然エンマからの手紙もある）を開ける第Ⅱ部十三章の場面がその一つである。

彼女のようすがとなるものをふたたび手にしようとして、彼はベッドの枕もとにある戸棚から、いつも女からの手紙をしまい込んでおくランス名産のビスケットの古い箱をとってきたが、開けるとそこから湿ったほこり poussière の匂いと枯れたバラの匂いが立ちのぼった。(……)彼はエンマの手紙を読んだが、どれも二人の旅立ちについての打ち合わせで、短く、事務的で、急を要するものばかりで、まるで商売のための短信みたいだった。長い、かつての手紙を読みたくなり、箱の底のほうに見つけようとして、ほかの手紙をすべてわきにやり、そして、無意識にそうした紙や物の山を調べはじめた(……)。

そうやって思い出のあいだをさまよいながら、彼は手紙の筆跡 écritures や文体 style des lettres をつぶさに見たが、それらは綴りと同じくまちまちだった。優しい手紙もあれば、快活なものもあり、ふざけたものもあれば、もの悲しい手紙もあって、愛情を求めるものもあれば、金を求めるものもあった。一つの言葉から、さまざまな顔やある種の仕草や声音(こわね)を思い出したが、それでもときには何も思い出さなかった。(Ⅱ・13)

ロドルフが駆け落ちできない旨の手紙をしたためる前の、エンマとの思い出に浸る場面で、手紙を保管しているビスケットの箱からは手紙以外の小物も出てくる。しかし私にとって重要なのは、その箱を開けたとき、手紙の束と同時に「ほこり」poussière の匂いが立ちのぼったと記されていることだった。ロドルフは、過去の女たちからもらった手紙を読み、そこに記された「筆跡」や「文体」をたどる。この「文体」とは、手紙の文に見られる「表現の特徴」ほどの意味だが、そこに lettres（文字）という言葉が記されている。「筆跡」écritures とは、文字通り手紙に書かれた文字そのものを指す。私はそうした言葉が一つの場面で、つまり隣接性のうちに使われていることをあらためて確認した。しかもこれにつづく光景として、ロドルフは読み終わった手紙を「つぎつぎに落として、しばらく楽し」むのだ。「つぎつぎに」en cascades とは、文字通りにとれば「滝のように」である。仕草として、馬車から突き出た手が「破いた紙切れ」を投げ捨てるのと、この「落と」す仕草が、はからずも似ているとも思ったのだ。

　このいかにもその場かぎりの私の連想には、一方で、破られた手紙とともにそこに記されていただろう文字までが投げ捨てられて四散するイメージと、他方で、手紙をつぎつぎに落とすことで、やはりそこに記された文字が四散するイメージが働いたのだろうが、そのことを、「ほこり」poussière と「文字」écritures の類縁性の根拠とするつもりは毛頭ない。そんな連想からは、たいしたテクスト的な意味を引き出せない。「ほこり」と「文字」のあいだに生じる「テクスト契約」としては、あまりに脆弱すぎる。ただ、そのときそのような連想が私には働いたというだけの話である。そうではなく、「ほこり」と「手紙に記された文字」のあいだに、「テクスト契約」とも呼べるページが欲しかったのである。その「テクスト契約」を成立させるまさにテクスト的な隣接性を、私は探したのだ。近くにあることが類縁性や共通性を引き出しているような光景(ページ)である。物質の形状としてだけ見れば、「ほこり」と「手紙に記された文字」とはまったくの別物である。でも、「テクスト契約」はそこに外見からは想像できない等価性を結んでしまう。

文字(エクリチュール)とほこり

そして私は、「ほこり」と「文字」がもっとダイレクトに接し合う場面をついに思い出したのだった。それは物質の想像力がまさに隣接性のうちに発揮される美しい場面である。物質の想像力とは、正確に言えば、物質どうしを隣接させる際に働く作家の想像力であり、われわれはむしろ、ある物と別の物の隣接のうちに、つまりテクスト的な隣接のうちに、その作家にしかない想像力を感じるのだ。これとあれを近づけるのか！　といった具合である。(その意味で、主題論批評(テマティスム)の語る物質の想像力には、このテクスト的な隣接性がない！)極端な例をあげれば、ロートレアモンの手術台の上のミシンとこうもり傘の出会いのように美しい、にまで至るだろう。まったく類縁性などないものどうしの隣接に新しい美を見出す、その後のシュールレアリスムに影響を与えた惹句（じゃっく）だが、そこまで極端ではないにしろ、フローベールが『ボヴァリー夫人』で差し出す隣接性はじつに美しい。それは、エンマとロドルフが関係を持ち、当初の高まりも消えはじめ、「まるで泰然として家庭の火を絶やさない二人の夫婦のように」落着きだしたころのことだ。父親のルオー爺さんから、毎年のように脚の治った記念に送られてくる七面鳥に添えられていた「手紙」を、エンマが読み終わった場面にほかならない。そう、それは第Ⅱ部十章の「手紙」にかかわる場面である。

彼女はしばらくざら紙に書かれたこの手紙を指で握ったままでいた。そこには誤字が絡みつくようにふくまれ、エンマはその誤字を通して、なんだかかんだ語りかけてくる愛情のこもった思いを追ったのだが、それはちょうど茨（いばら）の生垣に半ば隠れた雌鶏の鳴き声を追うようなものだった。暖炉の灰で文字 écriture のインクを乾かしたのか、手紙から灰色の粉 poussière が彼女のドレスの上にこぼれ落ち、父が火床のほうに背を丸めて火ばさみをつかもうとしている姿がほとんど目に浮かんだような気がした。なんて昔のことだろう、父の傍らの腕も背もない腰かけに座って、暖炉で、ぱちぱちはぜる pétillaient ハリエニシダの燃えさかる炎で棒切れの端を焼いたっけ！……日射しがまだみなぎっていた夏の夕べを彼女は思い出した。わきを通ると、子馬たちはいないないて、駆けに駆け回った……部屋の下にはミツバチの巣箱があって、ミツバチは日光を浴びて旋回していたが、ときどき窓ガラスに当たって、まるでよく弾む黄金の弾（たま）のようだった。あのころは何て幸せだったのかしら！　何て自由だったのかしら！　何て希望に充ちていたのかしら！　何ていっぱい夢があったのかしら！　いまはもう何も残ってやしない！（Ⅱ・10）

感動的なイメージである。父親からの手紙を、誤字をふくめて懐かしく読み終わった（その割りに、掲げられた手紙に誤字はない）エンマのドレスの上に、いきなり、手紙から「灰色の粉」がこぼれ落ちる。この「粉」のフランス語が poussière であり、「ほこり」と同じ単語である。おそらく、紙の上のインクを乾かそうとして、「文字」écriture に暖炉の「灰の粉＝ほこり」poussière をまぶしたのだろう。エンマはそのように想像し、そうする父親の姿さえ思い描く。そこからエンマに思い出されるのは暖炉の様子で、「ぱちぱちはぜる」pétillaient ハリエニシダの燃えさかる炎」にほかならない。この「ぱちぱちはぜる」というフランス語 pétiller には、「きらきらときらめく」という意味があって、そこには図らずも、「ほこり（灰の粉）」と「小さなきらめき」の隣接性による類縁性を示唆する言葉の並びも見られるが、私が何よりも強調したいのは、「灰の粉＝ほこり」poussière とインクの文字 écriture が乾きを促すという理由のもとに、隣接性どころではない密着をはたし、それが手紙を読み終わったエンマのドレスの上に、さらさらとこぼれ落ちるという圧倒的な光景である。圧倒的なというのは、光景としても美しい上に、「文字」と「灰の粉」を無媒介的に接近させた小説家の想像力が見事としか言いようがないからだ。乾ききらないインクの上に暖炉の灰をまぶすとは、手紙の文字と粉が一体となって切り離せない状態を現出する。手紙からドレスにこぼれる粉とは、もはや単なるかつての暖炉の灰の粉ではない。インクという液体によって文字そのものと一体化し、紙の上にとどまったものが時間の経過とともに乾燥し、ふたたび粉として手紙からこぼれ落ちたのだが、そのときその粉は文字の身体の一部が剥落したものにほかならない。そのときの粉とは文字なのだ。この隣接性（というよりここでは密着性）が可能にしているのが、まさに私の呼ぶ「テクスト契約」にほかならない。もはやエンマのドレスの上で、灰の粉と文字は不可分であって、この「テクスト契約」によって、「灰＝ほこり」と「文字」は外的形状の差異を超えて、一つになったのである。それは、フローベールの想像力のユートピアのようなものを垣間見せさえするかもしれない。

そして私はそこから、密室としての馬車から投げ捨てられた「破いた紙切れ」が、つまりびりびりと破られた手紙に記されていたであろう文字が「ほこり（灰の粉）」poussièreとのあいだに濃密な等価性を有していることを確認したのだった。文字のしたためられた「紙切れ」がびりびりに破かれ、馬車から投げ捨てられるとは、まさに文字の四散化であり、形状こそ「白い蝶」のように見えるとある以上、その四散化は「ほこり」ほどではないにしろ、「ほこり」に内包される微細化や分散と同じ方向性にある。またしても「日射し」が強く射している野原の真ん中で、「破いた紙切れ」がいきなり馬車から投げ捨てられ、「さながら白い蝶のよう」に「風に乗ってずっと遠くの花ざかりの赤いクローバーの野原に落ちかか」るとは、風に吹かれて舞い上がる「ほこり」の姿を想起させるではないか。文字の書かれた紙片が「白い蝶のよう」に四散するとは、大きさこそ異なるものの、「ほこり」に込められた大気への同化といった想像性と軌を一にしている。手紙に記されている（だが見えない）文字は、フローベールの想像力においては「ほこり」の等価物であって、そう読むかぎり、この情動の昂進しているであろう密室の場面（ページ）でも、テクストでは「一定のリズムを刻む音」と「ほこり」の等価物が隣接しあう空間を用意していて、それはまさに小説テクストにしかない意味の磁場にほかならないのである。

第九章　〈書くこと〉の極小と極大

/p/と/b/

前章で見たように、「ほこり（灰の粉）」poussière と「文字」écriture が切り離せない状態から、私はむかし読んだ一つの論文のくだりを懐かしく思い起こしていた。それは、ジャン・スタロバンスキーの「気温の階梯（めもり）――『ボヴァリー夫人』における身体の解読」[1]の冒頭の、論文全体からはいくらかトーンの異なる部分で、『ボヴァリー夫人』の一節がいかに緊密に書かれているかを音韻的に分析している箇所だ。私はこの論文を、『フローベールの仕事』*Travail de Flaubert* というフローベール論ばかりを集めた一種の論文集が出たときに読んでいた。当時、フローベール論としてよりも、自分の批評になにか役に立つものはないか、一種のネタを収集するために読んだと記憶している。そのときも、このスタロバンスキーの論文の全体ではなく、冒頭の音韻分析による指摘から、きわめて強い印象を受けた。それは、言葉という素材そのものの分析が作品の解読にも触れるような分析で、当時の私にとってはじつに自分の好みに合っていると思われた。当時よく耳にした懐かしい言い方をすれば、記号（シニフィアン）の優位とでも括ることのできる分析である。

いまでも忘れられないのは、引用した箇所に出てくる外部世界の事物が「ほこり」poussièreとか「雌鶏」pouleといったようにpではじまる単語が目立つのに対し、「鼓動・脈拍」battementのように体感とか内的感覚（ただしそれは内面ではない）にかかわるような単語はbではじまっていて、/p/も/b/〔/ /で発音を示す〕もともに両唇音なのに、たった一つだけ差異があって、それが声帯の振動の有無だという。つまり、より内側に近い「鼓動・脈拍」battementを発音するほうがより身体の内側にある声帯が震え（有声音だ）、外部に属している「ほこり」poussièreや「雌鶏」pouleの発音では、声帯は震えない（無声音だ）という。この声帯が震える・震えないが、より内部に近いか・外部にあるか、の差異になっている、とあっけらかんと指摘されていた。それを読んだ私は、フローベールの文章彫琢の凄さに驚嘆し、またそれを見事に分析したスタロバンスキーの手さばきに感動したのだった。私が、いわゆる形式（フォルム）から内容にアプローチする方法に強く憧れていた時期に読んだから、ということもあっただろう。

ここで、いったんスタロバンスキーを離れるが、その論考をはじめて読んでから三十年ほどして、思いがけずも、私は『ボヴァリー夫人』を訳すことになった。丹念に読むことになるから、それを利用して、この小説を読みながらコメントを加える演習の授業を一つ行うことにしたのだった。そのとき、受講生のなかに、英語の先生をしているやや年輩の女子学生がいて、あるページを訳してもらったときに、その学生から文法的な質問を受けた。原文と訳文で紹介すると、それはこんなくだりである。

Pour lui épargner de la dépense, sa mère lui envoyait chaque semaine, par le messager, un morceau de veau cuit au four, avec quoi il déjeunait le matin, quand il était rentré de l'hôpital, tout en battant la semelle contre le mur. Ensuite il fallait courir aux leçons, à l'amphithéâtre, à l'hospice, et revenir chez lui, à travers toutes les rues. (p.64-5)

出費を節約させようと、毎週、母親は息子に使いの者をやって、焼き窯（オーブン）で焼いた一塊の子牛肉をとどけさせ、彼は病院からもどってくると、昼前に、壁を靴底で蹴って冷えた足を暖めながら、その肉で食事を済ませるのだった。それから、じつにさまざまな道を通って授業に、階段教室に、施療院に駆けつけ、そして自室に帰ってこなくてはならなかった。(I・1)

質問じたいは、原文のなかほどにある《tout en battant la semelle contre le mur》(「壁を靴底で蹴って」)のジェロンディフ(en+現在分詞で、同時性の副詞になる)に付加されているtoutについてで、その女子学生が「どうしてジェロンディフにtoutが使われているのですか?」と訊いてきたのだった。質問じたいは、toutはジェロンディフを「強調」しているにすぎないので、それで済んだのだが、私はその質問をとっさに別の意味で自分に振り向けていた。toutがあってもなくても意味には大差が生じないのに、フローベールはどうしてここにtoutと記したのか?そして、私はぴんと来た。いや、ぴんと来たから、そのような問いを自分に向けたのだろう。『ボヴァリー夫人』の文章を、読み上げながら書き、推敲を重ねるフローベールである。一八五三年の四月二十六日付のルイーズ・コレ宛の手紙に「いつも大袈裟な習慣で、書きながら一晩中声をはりあげていたので」(前掲書)とあるではないか。私は質問に答えながら、これはジェロンディフの強調を口実に付加されたtoutだが、そのじつ、音が要請したtoutだな、と直観したのである。次のenとリエゾンする(発音しない語末の子音が、次の母音と重なって発音される)から、toutを置くことで、二つも/t/の音が余計に繰り返されることになる。私はさらに、女子学生に向かって、文法以外にここに tout が要請される理由があると思われますが、何でしょう？と訊いていた。わからない、という学生に、私はフローベールの文を途中から読みはじめた。《...il déjeunait le ma***t***in, quan***d*** il é***t***ait ren***t***ré de l'hôpi***t***al, ***tout*** en ba***tt***ant la semelle con***t***re le mur. Ensui***t***e...》（「彼は病院からもどってくると、昼前に、壁を靴底で蹴って冷えた足を暖めながら（……）食事を済ませるのだった。それから」）。リエゾン箇所ふたつをふくめて、この短い文のあいだにイタリックで強調したように、/t/ の音が十箇所もある。なぜでしょう？　シャルルが食事をしながら、冷え切った足を壁にいわば「トン、トン、トン」と当てて温めているからですよ。この /t/ の音は、壁に当たるシャルルの足音だと思う。私はそのように説明し、いかにフローベールが文章の音を大切にしていたかを力説したのだった。

　この話はそれだけで終わらなかった。私は、訳しながら接したフローベールの文に刻まれた音の残響（そんなものがあろうはずはないが）を、耳の奥に探していた。私も、訳す直前に、一文ごとにゆっくりと声に出して読むクセがあるからだが、脳裏に残るその記憶の残滓のようなものが、私に『ボヴァリー夫人』のフランス語の文を読み返せ、と命じていたのである。私はさっそく、場面のなかでも音が際立つ箇所を拾い出した。いまの箇所をふくめて、六箇所ほどがピック・アップされた。そして、その一つをゆっくりと読み返したのだ。それは、ルオー爺さんの骨折の治療に、ベルトーの農場に自然と足が向いてしまうシャルルが、靴の上から履いているエンマの木靴（当時の田舎では、靴の保護のために木靴が上から履かれた）が内側に履いている深靴の底に当たって立てる音にかかわる場面である。

…il aimait les petits sabots de mademoiselle Emma sur les dalles lavées de la cuisine; ses talons hauts la grandissaient un peu, et, quand elle marchait devant lui, les semelles de bois, se relevant vite, claquaient avec un bruit sec contre le cuir de la bottine. (p.75)

シャルルは、台所のきれいに洗われた敷石を踏むエンマ嬢の小さな木靴も好きで、その高い踵（かかと）が彼女の背を少し大きく見せ、そして、自分の前を歩くと、木の靴底がさっと持ち上がり、深靴（アンクルブーツ）の革に当たって乾いた音を立てた。（Ⅰ・2）

またしても、靴底 semelles の立てる音である。フローベールは靴じたいに特別の愛情を抱いていたが、ここでは小説のなかで、エンマが二重に履いた靴どうしの立てる音が、シャルルに聞き取られる場面である。シャルルは彼女の木靴も好きだ、という記述がなされた後、自分の前をエンマが歩くと、その木靴が内側の靴の底に当たり、音を立てる。おそらく、木靴が台所の敷石に当たる音も響いているのだろう。私はその部分のフランス語をゆっくり読んだ。イタリックで強調しておいたように、そこにはまるで「コッ、コッ、コッ」とでも言わんばかりの /k/ の音が、文のなかに響いていた。とりわけ《…cla***qu***aient ave***c*** un bruit se***c*** contre le ***c***uir de la bottine…》（「深靴の革に当たって乾いた音を立てた」）の部分だけでも六度、畳み掛けるように /k/ の音が響き、これに、***b***ois（「木」）や ***b***ruit（「音」）や ***b***ottine（「深靴」）という語の冒頭を飾る /b/ の音がはさまれて響くさまは、二種類の靴の響き、つまり木靴が敷石に立てる音と内側の革靴が木靴とこすれて立てる音がまさに聞き分けられているようで、私は、文を書きながら読み上げるフローベールの凄さに触れた気がした。描いている内容にまで、描いている文の音という素材が一致している。それが、とりわけ音という対象を描く際に、言葉という素材の音によってじかに迫ろうとするところに、内容と形式の一致が可能になる。これはほとんど不可能と思われるほどの〈書くこと〉の、〈書かれたもの〉のユートピアではないか。

　私は陶然となりながらも、もう一つの音にかかわるくだりを読みはじめた。ちょうど次の段落の最後にあたる、すでに見たエンマが日傘をさしてシャルルを玄関先で見送る場面である。モアレ地の日傘に、「ぽたりぽたり」と雪解けの水滴が落ちるくだりにほかならない。音とは、その「水滴」の音である。私はゆっくりと原文を読み上げていた。

Elle souriait là-dessous à la chaleur tiède; et on entendait les gouttes d'eau, une à une, tomber sur la moire tendue. (p.75)

彼女は傘の下の生暖かさに微笑み、そして、ぴんとはったモアレ地に、水滴（しずく）がぽたりぽたりと落ちる音が聞こえていた。（I・2）

決して長くはない部分だが、私はそこに、たしかに「水滴」の音を「ポタ、ポタ、ポタ」と聞いたのである。そこでは日傘のモアレ地に当たる音が /t/ の音の繰り返しとして響いている。イタリック体で示したその音を追っていただきたい。《...la chaleur ***t***iède; et on en***t***endait les gou***tt***es d'eau, une à une, ***t***omber sur la moine ***t***endue.》（「生暖かさに微笑み、そして、ぴんとはったモアレ地に、水滴（しずく）がぽたりぽたりと落ちる音が聞こえていた。」）と五度ほど /t/ の音が滴のように刻まれている。「水滴」の落下する音が、文のなかに響いているではないか。私は、スタロバンスキーが分析した文が単なる偶然の産物ではなく、フローベールが文の執筆・推敲の過程で文の形式に思いを込めて彫琢したものだと感じたのだった。

音にかかわるページに、これほどしばしば言葉の音を忍び込ませるとしたら、それはもはや単なる偶然ではない。小説家は、意図しているはずである。ただ、これまでだれもそこまでフローベールが言っていることを真に受けなかったのだ（としか私には思えない）。散文も、韻文をつくるようにつくる、とフローベールは書簡で言っていたではないか。いや、こうした連鎖する類音を、単に詩の技法のうちに回収してはいけない。フローベールはこれを、自分の散文として書いたのだ。そして、私がこれほどはっきり言うには、それなりの理由がある。『ボヴァリー夫人』のなかには、音にかかわる光景がまだ少なくとも三つ残っていて、それはきわめて重要な場面で、これから順次、見て行くが、その三つの音にかかわる光景にはどれも、フランス語の文のなかにいま見たような類音が響いていたのである。そして、その三つの光景を、われわれはすでに知っている。そのうちの二つは、「ほこり」が舞い上がり「脈拍」が響く光景であり、残る一つは、「ほこり」が立つのが見え、村の教会の晩鐘が鳴る光景である。どれも、「ほこり」と「音」の共起を語る際に見とどけた光景にほかならない。それでも、こうした「音」への工夫が偶然であり、「音」と「ほこり」の共起が読み手の捏造したものだというのだろうか？私はいま、フローベールの途方もなさに震えている。

私は震えを抑えながら、残る三つの音にかかわる場面のうち、教会の「鐘の音」と「ほこり」が共起する場面を見ることにした。この論考の第二部で、最初に差しだした光景である。新婚のエンマが、トストの窓辺で、ある日曜日、「わびしい」思いを抱きながら、「鐘の音」を聞くという光景で、その段落全体に、同じ音がちらばっている。とりわけ教会の「鐘の音」が鳴ると告げる文じたいに、うるさいくらいに集中的に同じ /t/ の音が繰り返されている。

Comme elle é***t***ait ***t***ris***t***e le dimanche, quan***d*** on sonnait les vêpres! Elle écou***t***ait, dans un hébé***t***ement ***att***en***t***if, ***t***in***t***er un à un les coups fêlés de la cloche. (p.135)

日曜日、晩課の鐘が鳴り響くと、自分はなんとわびしい気持になることだろう！　ひびの入ったような鐘の音が一つまた一つと鳴るのを、彼女は呆然としながらも気を寄せて聞いていた。（Ⅰ・9）

結婚して、こんなはずではなかったとエンマが「わびしい気持」に襲われる場面で、教会の「鐘の音」が鳴り響く。それを伝える原文には、引用した箇所だけで全部で十回も /t/ の音が鳴り響いている。その音は、エンマの「わびしい」***t***ris***t***e 気持を伝える言葉にも、二度も繰り返されている。/t/ の音の反復により、エンマの感じる「わびし」さが「鐘の音」の音となって響き渡っているかのようだ。まるで、その「鐘の音」は「わびしい、わびしい、わびしい」と聞こえるようである。自由間接話法以外では、直接的に作中人物の気持や感情を伝えないフローベールが、このように文の音という形式において、「鐘の音」がいかに「わびしい」かを描いていたのだ。エンマの「わびしい」気持が、音として、彼女の耳にしている「鐘の音」として繰り返されている。すべては、文にまかれた音によって表現されている。とりわけ《…un hébétement attentif, tinter…》（「鳴るのを、（彼女は）呆然としながらも気を寄せて」）と短いあいだに五回もつづく/t/の音は圧巻である。大声で読みながら文を書いているフローベールが、しかも「類似音の反覆を避けなきゃならない」（一八五二年十二月二十九日付、ルイーズ・コレ宛書簡）と言っている。工藤庸子によれば、フローベールは「無意味な類似音の反覆を嫌う」[2]のであり、そのような小説家が音を描く場面で、これまで参照してきたページでの反復の頻度には気がついてなどいない、と考えるほうがおかしい。こうした類音の反復には、だから意味がある、と考えなければならない。少なくともフローベールはそうした意味を見据えていたはずである。それは、音を描く際に、描かれる対象としての音ではなく、素材となる言葉の音（若い私なら「シニフィアン」と言ったところだが）を響かせるという試みなのだ。それが視野になければ、私が見てきたような頻度で、音が出る場面で類音が文にこれほど横溢しないだろう。文が独自の音を出してもいるのだ。描かれるべき内容に、描こうとしている形式じたいを一致させようとするクラチュロス的な〈書き方〉を、フローベールは選択している。私は、これほどまでにフローベールのやり方が徹底しているとは思わなかった。

私がピック・アップした音にかかわる場面で、まだ参照していない場面はあとふたつとなった。そのふたつとも、「ほこり」と「脈拍の音」が共起するページとしてすでに見たものである。その音にちなむ箇所で、つまり「こめかみの脈打つ音」が聞こえるくだりで、どのようにテクストは類音を響かせているのか。はたして、この一定のリズムを刻む「脈拍」の音が作中人物に聴取されるくだりで、どのように類音が文のなかに刻まれているのだろう。同じく一定のリズムを刻んで、文のなかに配されているのだろうか。しかも、「ほこり」と「音」の共起する場面では、これまで見たように、それを知覚した者の情動が高まっていた。情動が高まる場面とは、〈書くこと〉を性愛とのあいだにアナロジー以上の親和性を見出しているフローベールにとって、まさに〈書くこと〉の昂進する場面でもある。その昂進ぶりの一つを、「脈拍」の音がどのように言葉にされているか通じて見てみよう。すでにその光景の一部を、スタロバンスキーの分析を通して紹介したが、そのとき注目されていたのは /p/ と /b/ の音をめぐって、外側にある「ほこり」poussière や「雌鶏」poule と内側にある「脈拍」battement の差異〔声帯を震わすか否か〕であった。第I部三章の、シャルルがベルトー農場を訪れて、エンマとふたりだけになる場面である。じつは、スタロバンスキーの分析をまだすべては紹介してはおらず、彼はそのくだりに /t/ の音の連続を見出している。

…il la regardait se traîner, et il entendait seulement le battement intérieur de sa tête…(p.81)

(……)シャルルはほこりが床を這(は)うのを眺め、こめかみの脈打つ音だけが聞こえ(……)(Ⅱ・3)

スタロバンスキーの指摘を読んでいた私も、あらためてこの箇所に /t/ の音が繰り返されるのを聞き取っていて、あえて私は、その反復を「こめかみの脈打つ音」と重ねて読もうと考えている。意味のない類音の反復など、この小説家はしないからだが、たしかにこの部分だけなら無謀な断言にも見える指摘だが、すでに音にかかわる箇所での類音の使用を確認してきた私には、ここでの /t/ の配され方が「こめかみの脈打つ音」に聞こえてしまうのである。その部分をイタリック体で強調してあらためて取り出せば、《il la regardait se ***t***raîner, et il en***t***endait seulement le ba***tt***ement in***t***érieur de sa ***t***ê***t***e》(「シャルルはほこりが床を這(は)うのを眺め、こめかみの脈打つ音だけが聞こえ」)となる。この短い文のなかに六箇所も /t/ の音がちりばめられている。まるで「トク、トク、トク」と「脈打つ音」が聞こえるかのようだ。スタロバンスキーによれば、この /t/ の音だけでなく、ここには同時に鼻母音がこの短い文に五箇所もふくまれている。そこだけをイタリック体で強調すれば、《il ***enten***dait seulem***ent*** le battem***ent*** ***in***térieur de sa tête》となる。スタロバンスキーは、「体感への参照が支配的になっている部分(セグメント)では鼻母音と t の音が集中する」（前掲書、四七頁）とまとめているが、われわれの言葉で言えば、音を描く文において、その音そのものを素材の言葉の音で示しているのだ。じつは、この箇所をめぐるスタロバンスキーの音韻分析はまだつづく。それはじつに鋭い分析で、若かった私はすっかり魅了されてしまったが、いまの私からすれば、その分析は不徹底である。いずれ、それを紹介しながら、その全体像を示すつもりだが、いまは、一定のリズムで刻まれる音（「こめかみの脈打つ音」）を描く箇所で、それを記述する文じたいが一定のリズムで類音を繰り返していることを確認するにとどめておこう。

ただし私はここで急に、これまで見てきた音とこれから見る音に関する箇所の「自筆最終稿」をこの目に収めておこうと思い立ち、ルーアン市立図書館に収蔵されている『ボヴァリー夫人』の草稿にアクセスした。それは、「プラン」、「下書き」、「自筆最終稿」、「筆耕による清書」の四つに大別されるが、そのうちフローベール自身はどのように「自筆最終稿」を残しているか気になったのである。それは四七〇枚からなり、「Ms.g221」と番号が付されている。その該当箇所すべてにあたったが、予想通り、「自筆最終稿」の段階では、音を描く文にはすべて類音による工夫がなされていた。一つだけ気づいたことを言えば、本論でいま見た箇所（草稿では「Ms.g221 f°48」）では、「雌鳥の鳴き声」から régulier（一定の、規則正しい）という形容詞が削除されていた。私はそこで、「こめかみの脈打つ音」のほかに「雌鳥の鳴き声」も一定のリズムを刻む音として当初は書かれていたことを知ったのだった。

そして、もう一つの「こめかみの脈の音」を刻むページを、われわれは見なければならない。それは、第Ⅱ部八章の「農業共進会」の場面にある。役場の二階の会議室でロドルフにエンマが口説かれる場面にほかならない。すでに、「ほこり」と「音」の共起する情動の昂進するページとして、われわれは見てきている。エンマが目を半ば閉じようとして遠くを眺めると、丘を下る馬車の背後に、「ほこり」が舞い上がっている。その知覚と同時に、エンマの情動の高まりに合わせるかのように「こめかみの脈の音」が聞こえ、彼女が手袋を脱ぐくだりである。

Elle retira ses gants, elle s'essuya les mains; puis, avec son mouchoir, elle s'éventait la figure, tandis qu'à travers le battement de ses tempes elle entendait la rumeur de la foule et la voix du Conseiller qui psalmodiait ses phrases. (p.246)

彼女は手袋を脱いで、手の汗をぬぐい、それから　ハンカチを扇（あお）いで顔に風を送り、一方で、こめかみの脈の音を通して群衆のざわめきや一本調子に言葉を読み上げる参事官の声が聞こえた。（Ⅱ・8）

ここにはどんな類音が「こめかみの脈の音」として反復されているのか？　それは七度も繰り返される鼻母音 /ɑ̃/ にほかならない。その部分をふたたびイタリック体で強調して取り出せば、こうなる。《…ses g***an***ts, elle s'essuya les mains; puis, avec son mouchoir, elle s'év***en***tait la figure, t***an***dis qu'à travers le battem***ent*** de ses t***em***pes elle ***en***t***en***dait…》（「彼女は手袋を脱いで、手の汗をぬぐい、それから ハンカチを扇いで顔に風を送り、一方で、こめかみの脈の音を通して（……）聞こえた」）。エンマがこめかみの脈拍や参事官による祝辞の代読を聞くくだりで、先ほどの /t/ とは違うものの、類音の反復によって「こめかみの脈の音」が鼻母音 /ɑ̃/ として七度も点を刻むように響いている。いくつもある鼻母音のなかから、ここでは同じ一つの鼻母音が響いているのだ。そこに、小説家の音へのこだわりを読み取らないほうがおかしい。繰り返すが、決して、これは偶然の産物ではない。前のスタロバンスキーの分析と合わせると、これまで「脈拍」が出てくる三つの場面では、すべて言葉の身体から音が響いていることになる。それこそ、私には「トン、トン、トン」とこめかみの脈が聞えてきたのだった。

　だが、その一方で、このように音にかかわる文には類音が施されているのに、共起している「ほこり」の周辺で、何も起きていないとしたら、つまり「ほこり」を描く文や言葉に何も生じていないとしたら、こうしたふたつの事態の共起じたいどうなのだろう、と思う自分もいた。性愛の高まりに向けて情動が昂進してゆく文脈（それが共起のもたらす磁場である）において、ルイーズ・コレへの手紙であれほど性愛と〈書くこと〉を切り離さずに受けとめていたフローベールが、共起の一方に発揮した〈書くこと〉の工夫を、もう一方に怠るということがあるだろうか？　私の推測の方向は、「ほこり」を描く文の周囲にも、何かが書き込まれているのではないか、と告げていた。

そこには、フローベールをはじめ、すぐれた小説家に対する私なりのリスペクトが働いている。類音をあれだけ繰り出す小説家なら、それこそ「ほこり」を、音のほこりのように描くのではないか。ページの上に、言葉の「ほこり」を舞い上がらせるのではないか。そのような思いにとらえられた私は、またしても武者震いしはじめていた。

点括的　継続的

私はスタロバンスキーの分析を読み返していた。そうしながら、フローベールの文はまるで韻の工夫をはりめぐらせた詩ではないか、とすっかり感嘆した。「散文というやつは、なんて手に負えぬしろものなのだろう！　決して終わることがない、はてしなく書きなおせるのだから。しかし散文に、韻文の密度を与えることはできる、とぼくは信じています」（ルイーズ・コレ宛の手紙、一八五二年七月二十二日付）と書いている言葉を思い起こし、しかしあらためて私は、韻文の密度を与えられた散文こそ、まさにフローベールが書こうとした散文ではないか。それは近代小説が使いはじめた散文を、独自のものに変えた散文にほかならない。それ以前に、だれが「韻文の密度」を備えた散文を夢想したというのか？ ところで、「ほこり」poussière の分析に向かおうとしていた私は、読み返しはじめたスタロバンスキーの論考に、自分の考えていたことにとって決定的とも言えるひと言を見つけたのだった。

それは、私の読みにとって重要な示唆となった。またしても、私は背中を押されたのだ。もっとも、スタロバンスキーにとっては、その示唆はそこで止まっていて、自身の批評的な展開に生かされているようには見えなかった。しかし私には、その指摘が貴重な意味を持っていた。いったいどんな指摘かといえば、「ほこり」と「こめかみの脈打つ音」が共起する最初の場面についてのこんな言葉である。

雌鶏（めんどり）の「鳴き声」cri のパンクチュアル〔点括的〕な出現は、「押しやられ」poussait とか「這（は）う」se traîner という継続的な意味と対照をなす。[3]

スタロバンスキーが分析する場面で、私は「こめかみの脈打つ音」にばかり目が行っていた。原文を読み直せば、たしかに脈拍の音の直後に、「雌鶏の鳴き声とともに」avec le cri d'une poule とあるから、「こめかみの脈打つ音」を通して、同時にこの「鳴き声」を、シャルルは聞いているはずである。その「鳴き声」を、スタロバンスキーは「パンクチュアルな」、つまり点を打つような出現ととらえている。私はこれまで、「こめかみの脈打つ音」のほうにのみ、この「パンクチュアルな」という形容を付して、そこから「一定のリズムを刻む音」という理解を得ていた。私は、「脈拍」battementと「雌鶏」pouleのあいだにスタロバンスキーが見出した/b/と/p/の差異に、つまり有声音の有無の差異による身体の内・外の識別のほうにばかり気をとられていた。しかし、そうした差異は措いておいて、「雌鶏の鳴き声」が「パンクチュアル」だというのだ。つまり、一定のリズムを刻む「脈拍」と同じく、どちらの音も点括的な姿を見せているということだ。そして、その出現は、「押しやられ」とか「這う」という現れ方と対照的だという。この光景で、「這う」ように出現するのは、ドアの隙間風に吹かれて台所の敷石の上を這う「ほこり」にほかならない。テクストへの出現の仕方で見れば、「音」が「点括的＝パンクチュアル」であるのに対し、「ほこり」が「継続的」だというのだ。

　私は、「ほこり」と脈拍などの「音」の共起を、共起という以外に、どのようにとらえていいのか、じつは思案していたのだ。一方の「ほこり」や「小さなきらめき」が体現する運動を、単独にどう形容したらいいのかばかりを考えていた。「音」についても、一定のリズムを刻む「脈拍」や「鼓動」と外部の音を、むしろ対比的に見ているところがあった。共起する「ほこり」と「音」を、その共起ということ以外にどのように絡め合わせたらよいのか、そのつなぎ方が見えずにいたのだった。だからそれらは、視覚と聴覚という知覚内部の差異にとどまっていた。一方は、その動きを視覚で察知するものであり、他方はその発生を聴覚で知覚するものというように。そしてそれらがほぼ同時に、一つの場面(テクスト)に記されることから、「共起」という言葉で説明さえした。

しかしながら、スタロバンスキーは、この二つの現れ方を指して、「継続的」と「パンクチュアル(点括的)」という対比的な指標で易々と識別してみせた。二つ別々でありながら一つの全体をなす事態を区別するのに、対比的な指標はうってつけである。スタロバンスキーの「パンクチュアル(点括的)」と「継続的」という裁断の仕方を目にしながら、私は何より貴重な示唆を受け取ったと思ったのだった。「ほこり」や「小さなきらめき」や「文字」を「継続的」と考え、「脈拍・鼓動」や外部のさまざまな「音」を「パンクチュアル(点括的)」とみなすことで、「共起」と呼んだ事態について、私はさらに思考を押し進めることができる。差異が思考を促すとは、ロラン・バルトをはじめ多くの批評家が言っていることだが、私もまた、「継続的・点括的」という差異によって「共起」を動かすことができる。

「点括的」であると同時に「継続的」な「共起」とは、第五章で指摘したように、まさに「別々で一つの全体」にほかならない。この異なる二つを、そのように考えるとき、私にとって知覚の問題の域を出なかったテクスト上の事態が、別な領域の問題と重なり合ったのである。「共起」を動かすことができる、とはそういうことだ。別の領域の「共起」が見えてきた。その重なり合う別な領域とは、私が本書の冒頭で語った「そしてスイッチ」に集約される領域と問題にほかならない。それは、「セミコロン付きのそして〔;et〕」をもとに考えた一つの発想である。私は本書の第一章に、こう記している。

> 私は、このセミコロン付きの「そして」ほど、フローベールの思考や想像力の働き方に馴染(なじ)むものはないと考えるようになった。そこで文章を切断してもよく、同時に、そこで文章をつなぐこともできる。切断と連繋、休止と連続である。それは、相反する趨勢を同時に実現している。そうした二つが同時に実現されている状態、異なる位相が同時に重なり得る状態。それがどこかでフローベールの想像力の発現の仕方にかかわるのではないか。これは、セミコロン付きの「そして」というごく小さな文体事象から、フローベールを、少なくとも『ボヴァリー夫人』の想像力の様態を眺めたときの、期待に充ちた私の一種の予測のようなものにすぎない。もっと簡単に言えば、希望的観測ということになるだろうか。句読法のような極小から、想像力のような極大に一筋の脈絡を通すこと。

話を「セミコロン付きのそして〔;et〕」に限定すれば、それは、文章を切断することもできれば、同時につなぐこともできる。「切断と連繋」、「休止と連続」という言い方をしてもいる。切断とは言っても、いわゆる「ピリオド」のように、そこで文を完全に終結させてしまう働きではない。休止に近い区切りである。点を打つこと、そこに次の言葉を刻むまでの休止をはさむこと（長いこともあれば短いこともある）と同じではないか。他方は、連繋であり、連続である。休止を挟んで言葉を刻みつづけること。つまり運動の維持にかかわる。この異なる二つの機能には、「パンクチュアル（点括的）」と「継続的」という形容そのものが妥当するではないか。スタロバンスキーの論文の一節をあいだに置くことで、私にとっては、「セミコロン付きの『そして』というごく小さな文体事象から」、つまり「句読法のような極小から」、テクストの動静を決定する想像力の発現様態という「極大」にまで「一筋の脈絡を通すこと」ができる。スタロバンスキーの指摘を読み返しながら、私のなかで、テクスト的な「共起」と「セミコロン付きのそして〔;et〕」が重なったのである。私はそのように考え、興奮したのだった。いや、それだけではない。私は自分のしたためたもう一つのページを思い起こしていた。それは、こんな箇所である。

『ボヴァリー夫人』を翻訳しながら遭遇した二つの問題、『そして』と『自由間接話法』について語り終えたいま、私には気づいたことがある。それはどちらも、異なる二つのものが重なり合っているということだ。そこで文章を切断してもよく、同時に、そこで文章をつなぐこともできる。とりわけ『セミコロン』付きの『そして』にその働きが濃厚に託されている。『自由間接話法』にしても、語り手の地の文であると同時に、そこには作中人物の思いや意識が語り手の要約や圧縮を経ずに盛り込まれている。

地の文を維持し、継続するのは語り手の領域に属することだ。そして『ボヴァリー夫人』においてはときに、つまりそうした機会が生じるとほぼ常に、「自由間接話法」によって作中人物の思いや意識が語られる。その際、語り手から「視点」だけが作中人物に貼り付いたり、その至近にいたる、と説明したが、この語り手の担う二つの機能もまた、対比的にとらえれば、一方は「継続的」であり、他方は「点括的」ではないのか。地の文を「継続的」に維持し、ときに作中人物の思いを、そのとき、その状況に合わせて「自由間接話法」によって「点括的」に挿入する。これが語り手の担う二つの対照的な機能ではないか。私はあらためて、〈書くこと〉の極小から極大までを貫くフローベール的な脈絡の一貫性に驚嘆したのだった。

もちろん、そう考えることで、私は〈書くこと〉を継続的な要素と点括的な要素に還元しすぎている、その〈書くこと〉には「セミコロン付きのそして」や「自由間接話法」以外にも多くの要素がある、という批判もあるだろう。しかし多くの〈書くこと〉にかかわる要素のうち、フローベールにおいては特に、「セミコロン付きのそして〔;et〕」と「自由間接話法」に私が惹きつけられたのはまぎれもない事実であり、良くも悪くも、その事実からしか、私はこの『ボヴァリー夫人』をめぐる批評をはじめられなかったということなのだ。

第十章　ほこり立つテクスト

言葉は物である——スタロバンスキーへの不満

　私はスタロバンスキーの分析を紹介しながら、自分が発想した方向から見ると、その慧眼に充ちた分析にもいくらか不満が残ると感じていた。表面的に言えば、私の不満は、「ほこり」poussière にちなむ音韻分析を、この語を構成する三つの音についてしか行っていないことで、そのすべての音韻についてどうして調べないのか、という疑問に帰着する。しかし、その根底には、フローベールの言葉に対する姿勢がスタロバンスキーの批評にはじゅうぶん視野に収められていないという思いがあった。たしかに、スタロバンスキーは、体感的な視点を導入し、エンマの体温にも敏感なところを見せている。にもかかわらず、まさに身体的かつ物質的な言葉との接触感がその分析には希薄だと感じられたのである。

たとえば、すでにルイーズ・コレへの書簡からの引用で見たように、フローベールが「書きながら一晩中声をはりあげていた」といった際に、小説に書かれた文字はいったん小説家の身体を通過し、声にもなっている、と考えると、その文にどれほどの身体性の痕跡が残っているかが理解できるだろう。しかしそのように声に出して読まれる言葉じたいは、無尽蔵に出てくるものではない。同じく、一八五三年四月六日付のルイーズ・コレ宛の書簡には「たしかに文体による造型には、思想全体に見合うほどの幅がない、それはぼくにもよくわかっている。だけどそれはなんのせいだと思いますか？　言語のせいですよ。我々はあまりにたくさんのものをもっている、しかも形式(フォルム)は充分にはないんです」（前掲書）とある。思想に見合うだけの、言語を使っての形式が充分にはないということだ。それを痛感しているということは、小説の執筆を通して、物としての言語の加工しにくさにフローベールが突き当たっていることを意味する。それでも、小説の文をつくるということは、言語を、見合う形式に加工することであり、そのように書いたものを大声で読むとは、そうした言語の困難に身体を通して接触しつづけることでもあるのだ。そのような意味での身体性が、スタロバンスキーの分析にはあまり感じられない気がしたのだった。

同じことの表裏になるが、フローベールは言葉を物として見ていて、そのことが「農業共進会」のときにはっきりとわかる。たとえば、広場に設えられた壇上で来賓が演説する言葉じたい、背景から侵入してくる牛や家畜の鳴き声や群衆のざわめきとまったく同列に置かれた外部の物であり、さらには、こうすれば女を落とせると踏んで語るロドルフの口説きさえ、その種の紋切り型であり、その紋切り型の言葉で口説かれるエンマが口にする言葉や思いもまた、寄宿学校時代から恋愛小説を読みすぎてロマンチックに育まれた恋に憧れる女の紋切り型であり、その意味で、二人は言葉を話しても、それは本人だけの言葉ではなく、恋にかかわる男と女がいつでも使う共通の、言い方を換えれば、パブリックな趣さえある言葉であって、つまりその辺にあってだれもが使う物と変わらない。小説を書くのに使うこの言語も、それと同じように、だれもが使う言語を使わざるをえない。しかし、だれもが使うようには使いたくない。だから内容に合う形式が必要になるのだ。そうした認識が、スタロバンスキーの分析には欠けているように私には思われたのだった。それは、徹底して言葉は物である、という認識にほかならない。

私は『ボヴァリー夫人』を訳しながら、そのことを強く意識したのだが、たとえば、父親から七面鳥とともに送られてきた手紙をエンマが読み終わる際（本論でもすでに参照している）、その紙片から、粉がドレスに落ちかかる箇所を訳しているときだった。それは、父親が書きたての手紙の文字のインクを乾かすために、暖炉の灰の粉を文字にまぶした名残、つまり当初はインクの水分とともに文字に固着していながら、手紙が相手に開封されるまでの時間に乾燥して、文字の表面を剥がれた粉である。その文字と灰の一体となった状態に魅せられた私は、それこそ、物になった文字、物質化した言葉のじつに想像的な形象だと痛感した。そうした感性がフローベールにあることを考えると、テクストを音韻分析する際、もっと言葉を物として扱ってもいいのではないか。身体がじかに触れるような言葉として扱ってもいいのではないか。スタロバンスキーは言葉を音韻の塊として扱いながら、そこには言葉は物であるという意識が希薄であるように私には感じられたのだった。フローベールのテクストは物としての言葉によって書かれている。だからこの小説家は、散文を書きつけながら、苛立つのだ。だれもが使う言葉を使って、だれにも書けないものを、だれにもつくれない形式に押し込んだものをこしらえねばならないからだ。そう考えたとき、フローベールが言葉でやろうとしたことが、いや、フローベールにそのような意図などないかもしれないので、一つの思いが勝手に私の目に飛び込んできたのだ。思いが目に飛び込むとは妙な言い方だが、そのように言うほかない。とたんに私は、スタロバンスキーが行った「ほこり」poussière をめぐる音韻分析に強い不満を感じたのだった。

「ほこり」立つテクスト

では、その分析とはどのようなものなのか。それは、何度も参照したページである。エンマとふたりきりになったシャルルが、黙ったまま、台所の敷石の上を「ほこり」poussière がドアの隙間風に流されてゆく場面である。スタロバンスキーは、この「ほこり」poussièreという語の周囲に、その語を構成する/p/と/u/と/r/という音が頻出している、と指摘しているのだ。該当する文を示すと、こうなる。

…elle ne parlait pas, Charles non plus. L'air, passant par le dessous de la porte, poussait un peu de poussière sur les dalles; il la regardait se traîner, et il entendait seulement le battement intérieur de sa tête, avec le cri d'une poule, au loin, qui pondait dans les cours. (p.81)

……彼女は口を開かず、シャルルも黙っていた。ドアの下から入ってくる風に、敷石の上のほこりが少し押しやられ、彼はほこりが床を這（は）うのを眺め、こめかみの脈打つ音だけが聞こえ、遠く、庭先で卵を産む雌鶏（めんどり）の鳴き声が混じった。（Ⅰ・3）

スタロバンスキーの音韻の数え方には、いくつか欠落もあるので、それをカッコ付きで示して補って表で示すと、上記の文のなかで、該当する音を持つ語は以下のようになる。

/p/：(***p***arlait) (***p***as) (***p***lus) ***p***assant (***p***ar) (***p***orte) ***p***oussait (***p***eu) ***p***oussière ***p***oule ***p***ondait

/u/ : dess***ou***s p***ou***ssait poussière p***ou***le c***ou***rs

/r/ : (pa***r***lait) (Cha***r***les) ai***r*** (pa***r***) po***r***te poussiè***r***e (su***r***) ***r***ega***r***dait t***r***aîner (inté***r***ieu***r***) c***r***i cou***r***s

該当する音をイタリック体で示したが、以上のような語を、スタロバンスキーは数え上げている。[1] ちなみに、工藤庸子は『恋愛小説のレトリック──「ボヴァリー夫人」を読む』の第6章「季節はめぐる」の「脈拍と火照り」[2]で、スタロバンスキーよりもほんの少し長く原文を引用しながら、その分析を紹介している。そこで、上記の表の該当する音をふくむ単語を数え上げると、/p/ をふくむ語は十一（スタロバンスキーのカウントは五）個、/u/ をふくむ語は五個、/r/ をふくむ語は十二（同じく七）個になる。じつは、これはものすごい頻度で三つの音が短い行のうちにちりばめられているのだ。そのことをとりだした鋭さには敬意を表したいが、それでも私が不満を持ったのは、「ほこり」poussière という語を構成する音は六つあるのに、どうしてそのうちの三音だけを分析するのか、ということだった。形式にこだわりぬいたフローベールであれば、無駄な類音の反復を嫌ったフローベールであれば、そのような中途半端な試みはしないのではないか。残る三つの音 /s//j(i)//ɛ/ を調べてみれば、「ほこり」poussière の出てくるページの周辺に、それこそこの六つ音のほこりが舞い上がっているのではないか。なぜそこまで分析を進めないのか、私は不満だったのだ。音を描く文に、あれほどの類音をちりばめたフローベールが、「ほこり」に隣接するテクストで、形式に対して何もしていないと考えるほうが難しい。すでに、スタロバンスキーの行った三つの音については、じゅうぶん周囲に音がばらまかれている。私は、六つすべての音について、調べることにした。スタロバンスキーが対象にした原文に、あと一つの文を追加して、見ることにした。それが、以下のテクストで、イタリックで示した箇所が、「ほこり」poussière の六つの音に当たっている。どれくらい、音のほこりが舞い立つものか、ゆっくり読んでほしい。

…***e***lle ne ***p***ar***lait*** ***p***as, Cha***r***les non ***p***lus. L'***air***, ***p***a***ss***ant ***par*** le des***sous*** de la ***p***orte, ***poussait*** un ***p***eu de ***poussière*** s***ur*** les dalles; ***il*** la rega***r***d***ait*** ***s***e t***raî***ner, et ***il*** entend***ait*** ***s***eulement le battement intér***i***eu***r*** de ***s***a tête, av***e***c le c***ri*** d'une ***p***ou***l***e, au loin, qu***i*** ***p***ond***ait*** dans les ***c***ou***rs***. ***E***mma, de temps à aut***r***e, ***se*** ***r***af***raî***ch***issait*** les ***j***ou***es*** en ***y*** a***pp***l***i***quant la ***p***aume de ***s***es mains, qu'***e***lle ***r***ef***r***oid***issait*** a***p***rès ***c***ela ***s***u***r*** la ***p***omme de f***e***r des g***r***ands chen***e***ts. (p.81)

……彼女は口を開かず、シャルルも黙っていた。ドアの下から入ってくる風に、敷石の上のほこりが少し押しやられ、彼はほこりが床を這(は)うのを眺め、こめかみの脈打つ音だけが聞こえ、遠く、庭先で卵を産む雌鶏(めんどり)の鳴き声が混じった。エンマはときどき両方の手のひ

らを当て頬を冷やし、それが済むと、その手のひらを大きな薪載せ台の鉄の頭につけて冷やした。（I・3）

少し細かな技術的な話をしておけば、「ほこり」poussière という語には、母音が連続する i の箇所で、半母音 /j/ に変化するというフランス語特有のイレギュラーが生じるが、母音が連続しない /i/ をも許容することにした。そうして新たに調べたのが、該当する音がどれだけちりばめられているかを示す上記のイタリック体で強調した原文である。

スタロバンスキーが分析したのは、ポケット版のサイズでたった五行ほど文であり、私が参照したのはそれより文が一つ多い、同じ版で八行ほどの部分であり、一ページの四分の一以下ほどの分量である。「ほこり」poussière の音をまったくふくまない語を数えるほうが早い。ごく短い前置詞などの単語をのぞくと、まったく一つも該当音をふくまない単語は、《non, dalles , battement, loin, dans, temps, mains》の七個でしかない。同じような基準でこのくだりの単語を数えると、すべてで四十六個あるから、ほぼ八十五パーセントの語に、一つ以上の該当する音がちりばめられていることになる。「こめかみを打つ音」battement の語が、「ほこり」poussière の音をふくまない語に分類されていて、この語が他の音とのあいだに類音のネットワーク（スタロバンスキーは /b/ /t/ /ɑ̃/ は三つの音をここから取り出している）をかんがえれば、この「ほこり」と「音」の共起するテクストの周囲で、フローベールがどれほど文の彫琢に（それは形式をつくりだすものだ）心血を注いだかがうかがえる。

私の考えていたことは、予想以上の結果を得て、その多さと徹底ぶりに驚嘆してしまった。いったい、その発想とはどんなものかと言えば、言葉を物としてみなす考えの究極には、言葉が物の帯びる仕草や様態までをも自分のものにするのではないか、という言葉のユートピアのような状態が夢見られているのではないか。私はそう考えたのだった。そしてそれはまた、私個人の言葉に対する不可能な願望のようなものでもある。その伝で言えば、「ほこり」poussièreという語は、その「ほこり」の様態を帯びることが望ましい。poussièreという言葉がテクストに「ほこり」となって舞い上がる。poussièreを構成する六つの音韻がページに散らばる様態じたいが、その舞い上がりになる。そうしてはじめて、poussièreという言葉は物としての「ほこり」にもなる。

フローベールがこだわる「ほこり」poussièreという言葉の周辺には、そうした夢が託されているのではないか。それが小説家個人の夢想を離れても、テクストじたいの欲望として、育まれているのではないか。poussièreという単語が記された周辺には、その語の身体が音としてばらまかれている。物語のなかでは、シャルルの目の前の敷石の上を、すきま風に吹かれて「ほこり」poussièreが動いている。そのテクストのページの上では、poussièreを構成する音が「ほこり」のように周囲に四散している。私はスタロバンスキーの指摘を念頭にそのページを訳しながら、そうした思いを強くしたのだった。訳しながら、poussière という語じたいが自ら「ほこり」としてページの上にまかれている気がした。そしてフローベールにおいて、言葉が物であるという究極の一致がここに実現していると思ったのだった。物語のなかで、「ほこり」が立つとき、それを語るテクストにおいても poussière が舞っている。

　そうした一致ぶりを、以上のように圧倒的に確認したのに、それでも一方で、私のどこかには、これもたまたまのテクストの偶然、〈書くこと〉の僥倖(ぎょうこう)のようなものかもしれない、と疑ってみたい自分もいた。偶然の一致でもかまわないではないか、そこにそのようにあるのだから、と思う自分もいるような気がした。そもそも、テクストの読みというのは、確定すべきことではない。そのようにも読める、という可能性のうちに常に揺らいでいるものなのだ。私はその揺らぎこそを支持する。しかしその揺らぎを可能にする根底じたいは真摯でなければならない。テクスト的に真摯でなければならない。それで私は、自分の発想をさらに追及してみたくなった。私は『ボヴァリー夫人』の「ほこり」立つもう一つの共起的なページを見ることにした。

散種？　音の「ほこり」

　私はもう一つの「ほこり」が舞い上がり、「脈拍」をこめかみに感じるページを開いていた。

スタロバンスキーが音韻分析していない箇所だ。役所の二階の会議室で、エンマがロドルフに口説かれる場面で、「農業共進会」の真最中を語るページである。先ほどの三倍半弱ほどの長さがある。エンマがはるか彼方を馬車が「ほこり」を立てながらゆっくりと走るのを眺め、傍らのロドルフの頭髪の匂いに陶然となり、こめかみに脈拍を感じるくだりである。テクストの周辺に、言葉の「ほこり」poussière が四散し、いわばその音という粒が他の言葉の上に降りかかったかを調べた結果が、以下の通りである。

Alors une mollesse la saisit, elle se rappela ce vicomte qui l'avait fait valser à la Vaubyessard, et dont la barbe exhalait, comme ces cheveux-là, cette odeur de vanille et de citron; et, machinalement, elle entre-ferma les paupières pour la mieux respirer. Mais, dans ce geste qu'elle fit en se cambrant sur sa chaise, elle aperçut au loin, tout au fond de l'horizon, la vieille diligence l'Hirondelle, qui descedait lentement la côte des Leux, en traînant après soi un long panache de poussière. C'était dans cette voiture jaune que Léon, si souvent, était revenu vers elle; et par cette route là-bas qu'il était parti pour toujours! Elle crut le voir en face, à sa fenêtre; puis tout se confondit, des nuages passèrent; il lui sembla qu'elle tournait encore dans la valse, sous le feu des lustres, au bras du vicomte, et que Léon n'était pas loin, qui allait venir…et ce***p***endant ***elle*** ***s***en***tait*** ***toujours*** la tête de ***R***odolphe à côté d'***e***lle. La d***ouceur*** de ***ce***tte ***s***en***sation*** ***p***énét***rait*** ain***si*** ***s***es dé***sirs*** d'autrefois, et comme des g***r***ains de ***s***able ***sous*** un ***co***u***p*** de vent, ***ils*** ***tour***billonn***aie***nt dans la b***ouf***fée ***s***ub***til***e du ***par***fum ***qui*** ***se*** ***ré***p***an***d***ait*** ***sur*** ***s***on âme. ***E***lle ***ouvrit*** les na***rines*** à ***p***lu***sieurs*** ***re***p***rises***, fo***r***tement, ***pour*** a***spirer*** la f***raî***cheur des l***ierres*** au***tour*** des cha***pi***teaux. ***E***lle ret***ira*** ***s***es gants, ***elle*** ***s'***e***ssuya*** les mains; ***p***u***is***, av***ec*** ***s***on m***ou***choir, ***elle*** ***s'***év***en***t***ait*** la fig***ure***, tand***is*** qu'à ***travers*** le battement de ***s***es tem***p***es ***e***lle entend***ait*** la ***r***umeur de la f***ou***le et la voix du Con***sei***ller qui ***ps***almod***iait*** ***s***es ph***r***ases. (p.245-6)

そうして彼女はだるさにとらえられ、ヴォビエサールでワルツを踊ってくれたあの子爵を思い出し、そのひげからもロドルフの髪と同じヴァニラとレモンの匂いがし、そして、無意識にまぶたを半ば閉じてもっとよくかごうとした。だが、彼女が椅子の上で身を反らしながらまぶたを閉じかけたとき、はるか地平線のかなたに、古ぼけた乗合馬車「ツバメ」が見え、その背後にもうもうと土ぼこりpoussièreを長く引きながら、レ・ルーの丘をゆっくりと降りていた。あの黄色い馬車に乗ってレオンはじつによく自分のほうに帰ってきて、そして、あそこに見える道を通ってあの人は永久に行ってしまった！　向かいの、いつもいた窓辺に彼の姿が見えるような気がして、それからなにもかもが混ざり合い、雲のようなものが過ぎり、いまもなおシャンデリアの明りに照らされて、子爵の腕に抱かれてワルツを踊っているように思われ、レオンは遠くにいるのではなく、いまにもやって来るように思われ……それでいてロドルフの顔が隣にあると常に感じていた。そうしてこの感覚の甘さは昔の欲望に染み込み、欲望は、突風に舞い上がる砂の粒のように香りの強く匂い立つなかで舞い、その香りが彼女の魂に広がった。彼女は何度も鼻孔をふくらませ、それも強く、柱頭のまわりにからまるキヅタのみずみずしい芳しさを吸い込んだ。彼女は手袋を脱いで、手の汗をぬぐい、それからハンカチを扇いで顔に風を送り、一方で、こめかみの脈の音を通して群衆のざわめきや一本調子に言葉を読み上げる参事官の声が聞こえた。（Ⅱ・8）

/p/をふくむ語は二十六個で、二つふくむ語が一つあるので二十七個、/u/をふくむ語は二十一個で、二つふくむ語が二つあるので二十三個、/s/をふくむ語は五十三個で、三つふくむ語が一つで五十五個、/j/i/をふくむ語は四十八個で、二つふくむ語が一つで四十九個、/j/（/i/の後にも母音がつづく場合）についてみれば九個、/ɛ/をふくむ語は六十個、二つふくむ語が五つで六十五個、/r/をふくむ語は六十一個で、二つふくむ語が六つで六十七個となった。しかしこの数え上げには、いくつか漏れがある。先の引用のように、まったく該当する音をふくまない単語（二文字ほどのごく短い前置詞などはのぞく）を数えたら、全部で二十六個あった。前の例では、一語に複数の該当音をふくむ単語はカウントしなかったが、これを見れば明らかに、「ほこり」poussièreがページの上に舞い上がっている。レ・ルーの丘をゆっくりと駆け下りてくる馬車「ツバメ」の背後に「ほこり」が立ち上がっているとすれば、それを描くページの文の上には広い範囲（四分の三ページ）にわたり「ほこり」poussièreの語から音の身体がちらばっているのである。私は、その「ほこり」立つページに驚嘆したのだった。

私は統計学に疎いので、分類した結果がどれほど標準からの偏差を示すのかわからないが、通常の経験（そんなものは当てにならないのは承知しているが）から言えば、やはり先の引用ほどではないにしても、通常の頻度に比べpoussièreの六つの音をふくむ語が圧倒的に多い。しかし正直に話すと、私はこの作業をしながら、途中で笑いをおさえることができなかった。たまたま「ほこり」poussièreの語を構成している発音でも、/s//i//ɛ/などは、主要単語にいくぶん多くふくまれるため、はたして数え上げた数字をそのまま単純に比較できるのか疑問に感じはじめてもいたからだ。なにしろ/s/の音など、三人称の所有や指示や再帰代名詞のたぐいに必ずふくまれていて、それらをカウントしているうちに、自分でも分類行為じたいが可笑しく感じられてきたのだ。/i/にしても関係代名詞の主語や三人称の代名詞にふくまれていて、見直すと、思っていたほどそうした語は多くないことがわかったものの、作業をしているときには、これでどのくらい偏差がわかるのか疑問に思ったのだった。/ɛ/については動詞の半過去形の語尾にふくまれるので、それが出てくるたびに私は笑いだした。膨大になったフランス語の羅列を見ながら、いずれこれを本にするとしたら、どう処理するのがいいのか、私は見当もつかなかった。またしても私は苦笑いしたのである。

しかし一方で、そんなことは言ってられない自分もいた。「ほこり」poussièreという語じたいが、テクストの上で情動の昂進という意味の磁場を形成すると、その周囲に文字と音の「ほこり」を舞い上げているのではないか、それが、言葉を物として扱うということだ、と考えている私がいる、とすでに述べた。その私は、自分のやっていることを笑いながらも、納得できる確かさを求めていた。たとえ偏差でしかないとしても、つまり程度問題にならざるを得ないとしても、私は、自分の発想したことに、そう考えてもいいのか、そんなふうには考えられないのか、手がかりが欲しかったのだ。自分の考えを肯定するためではない。偏りなく見て、はたしてどうなのかを知りたかったのだ。私は考えた。そして「ほこり」poussièreが意味の磁場を形成していないようなページをいくつかサンプリングすればいい、と思い至った。さっそくランダムに三箇所ほどページを選び、これまたランダムに選んだ同じ行数で、私はまたしても愚直にpoussièreを構成する六つの音をふくむ語を数えはじめた。正直、この作業には疲れきった。

結果はどうだったのかと言えば、スタロバンスキーが選んだ箇所と比べて、一つの箇所だけ

/i/のみが同じくらいの数になったものの、あとはほとんどが半分にもとどかなかった。意外だったのは、そんなに多くはないだろうと踏んでいた/u/が半分かそれを少し超える頻度で登場していたことだった。しかしpoussièreがテクストに散らばるには、そのページには「ほこり」のもとが明らかに足りなかった。同じことをいま見た「農業共進会」の「ほこり」のページの分析結果とも比べてみたが、最初の引用箇所の分析との差ほど大きくはないが、それでもこちらのテクストは、すべての音でランダムに選んだページにちらばる該当する音の頻度をかなり上回っていて、ランダムに選んだ三箇所のうち一箇所で/i/の頻度がほんのわずかに上回っている程度だった。こんな手作りの作業で、有意差が認められたと言っても仕方ないものの、私は自分の求めていた確かさをつかんだのだった。「ほこり」poussièreが意味の磁場を形成するテクストでは、やはり言葉の「ほこり」が立ちこめていたのだ。「音」を出す場面の分析から予測していたことが、「ほこり」と「音」の共起するページについても、とりわけその「ほこり」についても、確かめられたのだった。[3]

ところで、私はこんな手作業をしていながら、じつに奇妙なことに、ジャック・デリダの発想になる「散種（ディセミナシオン）」という概念に思いを馳せていた。それをいまの文脈にあえて当てはめれば、言葉の「ほこり」が、テクストの上に四散し拡散してゆき、いつしか他の文字のあいだにまぎれてゆくという光景である。それがテクストの上に豊かな多義性をもたらす、などということではない。その意味で言えば、「ほこり」poussière の分析へと誘われてしまった私には、テクスト解釈の幅を広げようなどという意図は毛頭ない。ただ、言葉を物として扱う小説家であれば、一種のファンタスムにしかならないとしても、言葉じたいがテクストの上で固定するのではなく、自ら触手を伸ばし、他の言葉たちとネットワークとも言えない、それこそ「ほこり」のような、煙のような空間を夢見るだろう、いや、夢見てほしい、と勝手に想ったからだった。それは自分が翻訳をした小説の、さらに向こう側に夢見ているテクストにかかわることかもしれない。しかし、テクストを読むということは、いまここにある文字の列を読んでいながら、どこにもないテクストを読むような体験でもある。それは自分が夢想し、作りあげるテクストかもしれない。しかし、別のテクストを自由勝手にでっちあげるのでは断じてない。そうした空間がないとしたら、どれほどテクストを読むという行為が矮小化されてしまうことだろう。私がそのようなテクストとして『ボヴァリー夫人』を読みたかったのかもしれない。そして、私がもしこのことを若いときに気づいたとしたら、きっとデリダの「散種（ディセミナシオン）」の概念を際立たせるように批評を書いていただろうと思うと、そうでなくて、よかったとつくづく思うのだった。

私の実感

たぶん私は、このように「ほこり」立つテクストとして『ボヴァリー夫人』を読みたかったのだ。そしてそのことを自分なりの分析をもとに語り終えた私は、そういうテクストもふくめて、フローベールにとって『ボヴァリー夫人』を書くとはどういうことだったのか、と思いを馳せている。その基底にあるのは、情動の昂進を描こうとするテクストがまとう表情である。すでに見たように、そのときテクストは、動きを伴って視界に生ずる「ほこり」や「ちいさなきらめき」を作中人物に知覚させ、同時に、「脈拍」や「鼓動」といった身体的な音や雌鶏の鳴き声や牛の鳴き声をも知覚させた。その別々のものでありながら、知覚の対象になるという意味で同種のものを、スタロバンスキーの指摘を参照して、一方を「継続的」と呼び、他方を「点括的（パンクチュアル）」と呼んだ。そしてそこから、私が翻訳しながらフローベール的な文の特徴と感じた「セミコロン付きのそして」と「自由間接話法」とのあいだに、強い相同性を見いだした。というのも、すでに説明したように、この「そして」には、休止と継続という背反するかに見える二つの要素があるからで、また同時に、「自由間接話法」にも、地の文を維持・継続する語り手の役割に対し、そこに作中人物の至近に「視点」を貼り付け、その思いや意識をときおり地の文に流し込む働きがあって、その両方の働きを、地の文の「継続」性に対する「自由間接話法」の現れ方の「点括」性として見出しもした。そしていま、地の文を維持する語り手の役割を、小説を書くという水準から考えれば、その地の文を書くことで「継続」しているのはまぎれもなく小説家フローベールということになる。そこにときおり「自由間接話法」を使って、作中人物に寄り添ってみせるのも小説家である。そう考えると、『ボヴァリー夫人』という小説になる文を継続することにかかわるのは、この「継続」と「点括」という作業になる。フローベールの行う〈書くこと〉じたいに、この「継続」と「点括」というリズムが刻まれているのではないか。これは証明しろと言われても証明できないことだが、私にはそのように思われてならない。

というか、おそらく私は、もう少し別のことが言いたいのだ。フローベールが書く、という固有名詞をはずして考えると、文をふつうに書くことじたいに、この「継続」と「点括」というリズムが刻まれているのではないか。いや、文を書く行為だけでなく、文じたいに「継続」と「点括」が刻まれるのではないか。さしずめ、具体的に考えれば、一つの文をピリオドまで維持するのが「継続」にあたり、その途中で句読点を入れるのが「点括」にあたる。もちろん、その途中でも、中断などが起こるだろうが、それは措いて、ともかくそのように考えると、この二つの相を抱えるフローベールの小説は、とりわけその二つが「共起」するページでは、物語に必要な光景を書きながら、文を書く、というきわめて基本的な仕草をも結果的に記していたのではないか。そんな思いに私は誘われてしまうのだ。何かを書きながら、書く対象を持ちながら、その書いていることじたいをも書いてしまう。そのようなどこかトートロジックな

〈書き方〉(エクリチュール)を、フローベールはしているように思われてならない。小説を書きながら、物語を紡ぎながら、〈書くということ〉を書いていたのではないか。それが、じっさいに『ボヴァリー夫人』を訳してみた私の深く強い実感なのである。

注

第一章　「そして」に遭遇する

1　PROUST Marcel, *Contre Sainte-Beuve*, Pléiade, 1971, p.12-13.

2　*Ibid.*, p.591.

3　*Ibid.*

4　NABOKOV Vladimir, *Lectures on literature*, Harcourt Brace Jovanovich, 1980, p.171.

5　蓮實重彥『『ボヴァリー夫人』論』、筑摩書房、二〇一四年、三四五—三五二頁。このⅥ章「塵埃と頭髪」章に「気化」と題された項がある。ちなみに、「塵埃と頭髪——『ボヴァリー夫人』をめぐって」（『潭』3号、書肆山田、一九八五年八月）にも、同様の指摘がなされている。ただし、厳密にいえば、泥の乾燥による粉末化は気化ではない。その意味で、ここでの「気化」は物質の形状を示すというより、それを比喩的に示していると言わねばならない。

6　DRILLON Jacques, *Traité de la ponctuation française*, Gallimard, p.366-368. 以上、本書からの引用はすべてここからのもので、まとめてここに表示した。

第二章　「自由間接話法」体験

1　富永明夫・鈴木康司『スタンダードフランス語講座7』大修館、一九七二年。

2　新倉俊一ほか『フランス語ハンドブック』白水社、一九七八年。

3　BALLY Charles, «Le style indirect libre en français moderne», Germanisch-Romanische Monatsschrift, vol IV,

CARL WINTER'S UNIVERSITATSBUCHHANDLUNG, 1912. 以下、この論文からの引用は頁数のみを表記する。

4 FLAUBERT Gustave, *Madame Bovary*, Préface, Notes, Dossiers par Jaques Neefs, Le Livre de Poche Classique, Paris, Librairie Générale Française, 1999. 以下、原文からの引用はこの版を用い、頁数を表記し、和訳については拙訳を用い、「部・章」のみを記す。

5 フローベール『ボヴァリー夫人』伊吹武彦訳、岩波文庫（第78刷）、二一頁。

6 同『ボヴァリー夫人』生島遼一、新潮文庫（第46刷）、一七—八頁。

7 同『ボヴァリー夫人』山田爵訳、河出文庫（初版）、二二—三頁。

第三章　表象革命としての「自由間接話法」

1 PROUST, *op.cit.*, p.590. 以下、この『サント＝ブーヴに反論する』からの引用は頁数のみを記す。

2 工藤庸子『恋愛小説のレトリック——「ボヴァリー夫人」を読む』東大出版会、一九九八年、一七二頁。

3 バフチーン、ヴォロシノフ『マルクス主義と言語哲学』桑野隆訳、未来社、二三一頁。

4 蓮實重彥『『ボヴァリー夫人』論』筑摩書房、二〇一四年、一二二頁。以下、本書からの引用は頁数のみを記載する。

5 DUCROT Oswald, «Analyses pragmatiques», *Communications*, no32, 1980, p.18-20. なお、Littérature 誌（一一五号、一九九九年九月号）にも、同様の、より簡潔な論文がある。

第四章　「農業共進会」——対話をはじめる二つの言説（ディスクール）

1　バルガス＝リョサの『若い小説家に宛てた手紙』には、「農業共進会」の場面が「通底器」という言葉を使って小説の方法についての言及がなされている。それは、異なった時間や空間や現実のレヴェルで起こるエピソードが語り手により結び合わされる方法である。「農業共進会」の並行描写にヒントを得ている。

第五章　ほこりと脈拍――テクスト的共起をめぐって

1　STAROBINSKI Jean, «L'échelle des températures—Lecture du corps dans *Madame Bovary*», in *Travail de Flaubert*, Éditions de Seuil, Points, 1983.　ここに、体温をふくめさまざまな温度と身体をめぐる言及と考察がある。

第六章　主題論(テマティスム)批評と「テクスト的な現実」

1　RICHARD Jean-Pierre, *Littérature et Sensation*, Editions du Seuil, 1954. を参照したが、引用は拙訳『フローベールにおけるフォルムの創造』（水声社、二〇一三年）により、参照頁もこれによる。

2　本書、第一章注5を参照。

第七章　隣接性と類縁性

1　われわれは、「ほこり」poussière と「黄金」or のきらめきを結びつけている場面を知っている。そこでは「黄金の砂（ほこり）」poussière d'or という表現が使われているが、それは第Ⅰ部九章で、新婚間もないエンマが凝らす数々の趣向に、シャルルが魅了される場面で、彼の「感覚の歓び」を描く表現のうちに、「ほこり」と「黄金」に輝くというイメージが両立している。

2　工藤庸子『ボヴァリー夫人の手紙』筑摩書房、一九八六年、三〇一頁。以下、ルイーズ・コレへの手紙は本書から引用するが、そのつど工藤庸子訳を断らない。また、日付のみで、この手紙を引用する際も、出典は本書とするが、そのことを逐一断らない。

第八章　テクスト契約をめぐって

1　PROUST, *op. cit.*, p.299.

第九章〈書くこと〉の極小と極大

1　STAROBINSKI, *op. cit.*, p.45-78.

2　工藤庸子、前掲書、二三三頁脚注。

3　*Op. cit.*, p47.

第十章　ほこり立つテクスト

1　*Ibid.*, p47.

2　工藤庸子、前掲書、七五―九五頁。

3　『ボヴァリー夫人』（原書、一九一頁）。オメーがエンマに絹の「肩掛け」を見せながら、その布地の「ほこり」poussière を払うようにはじく箇所には、前後の文に /p/ 音が十七個もちらばっていて、ここでも音が周囲に広がっていた。

私的「あとがき」のために

最初に、本書が書かれるまでの、この二年半ほどのことを記しておきたい。二〇一三年の一月から七月まで、私はプルーストの『失われた時を求めて』(四百字詰・千枚)をひたすら訳した。データを編集者に渡すと、プルースト論の執筆を依頼され、ともかくも翻訳の体験を生かして翌二〇一四年二月までに書き上げた。そして、遅れていたバルザックの中・長篇を二冊、しゃかりきになって三月から七月末までの五カ月でなんとか訳了した。フローベールの『ボヴァリー夫人』の訳稿を年内ぎりぎりに渡す約束をしていたからである。これもなんとか予定通り、二〇一四の年末までに訳し終えた。さて、そこからである。

きっちり翻訳した『ボヴァリー夫人』は、意識しようがしまいが、私の頭と体にたたき込まれている。『失われた時を求めて』の翻訳直後のプルースト論が、思っても見ない発見をもたらしてくれたので、『ボヴァリー夫人』の翻訳から論考を書くまでの流れが、あらかじめ私のなかで一種の快体験として描かれていたのだろう。私は、執筆依頼もなく、刊行してくれる出版社の当てもないまま、ともかく『ボヴァリー夫人』論を書こうと思ったのだった。何を書くかも、当初はノー・プラン。そして、二〇一五年の一月から三月まで、ひたすらパソコンに向かい書いた。そして、前記の翻訳ふたつとプルースト論のゲラと再校ゲラの嵐（奇しくも、五月末に三冊ほぼ同時に出版されることになった）で、めずらしく四月には背骨から疲れが腰のあたりにたまった。そして、本稿を書き直している四月末からの黄金週間に、なんとか本書を書き上げることができた。我ながら、休みなくよく訳しつづけ、書きつづけた。

書くことに決めて、何を書こうかと考えたとき、ざっくり二部構成になると感じた。どうしても書いておきたいことがあって、それはまず二つ、フローベールの「そして」問題をどう考え、翻訳でどう対処したか。それから、ずっと気になり、興味を抱いていたのに、まとまって考えずにきてしまった「自由間接話法」の問題である。これをいい加減にしたままでは、『ボヴァリー夫人』は訳せない。もう一つの塊は、『ボヴァリー夫人』を訳した以上、必ず自分にしか書けないような論が書けるのではないか、という無根拠な理由から、湧き出てくるものを書こうと思ったのだ。何を書くとは、決めてなく、前半の「そして」と「自由間接話法」のことを書きはじめた。私は、書きながら、考える。

そうして、その二つを書いているあいだに、私は一つのことに気がついた。『ボヴァリー夫人』では、エロス的な文脈が高まると、必ず「ほこり」が巻き起こり、こめかみで脈打つ「音」が聴取される。この一点から、どこまで考えを進めることができるか。いまとなっては、できているだろうか。まさに、即興に近い偶然まかせの執筆だが、書きはじめると、有難いことに、私はネタの引きが強い。プルースト論でもそうだった。今回も、「ほこり」からかなりのところまで『ボヴァリー夫人』を読むことができた（書いた直後のうぬぼれのせいである）。ぜひ、一読していただければと思う。本を書き終わるときにいつも感じることだが、ここには、だれにも指摘されていないことがいくつか書かれている（と思う）。

その過程で、奇妙な体験をした。先に書いたプルースト論『謎とき『失われた時を求めて』』（新潮社）で、徹底してわかりやすく書くことを求められ、それになんとか応えたことで、こちらの書くものに、以前には考えられないくらい「私」が出るようになったことも関係あるだろうか。『ボヴァリー夫人』を読むことがそうさせたとしか思えないのだが、「ほこり」と「音」から、さて何をどう書くか、を考えていると、「自由間接話法」に向き合っていたころの仏文科の学生だった若い自分がひょっこり姿を見せたのだった。そのころの私は、いまの自分が見ても、素直なというか率直なというか、フランス語で rigoureux（厳格）なテクスト論者だった。フランスの「新しい小説（ヌーヴォー・ロマン）」と「新批評（ヌーヴェル・クリティック）」に入れあげていたせいでもあろう。若かったなあ！

しかし現在の私には、若いときそのままの書き方はできなくなっている。いや、そのようにはもう書きたくない。しかし一方には、若い私がいて、だれも見つけていない新しい『ボヴァリー夫人』像をテクスト論として差しだすぞ、と意気込み、もう一方には、翻訳したフローベールの言葉の実感を大切に書こうという私もいる。どちらも私である。その私は、結果として、どのような方法をとったかといえば、テクスト論をごく私的に書く、というものだった。引き裂かれた私が、いったいどのような言葉を紡いでいるのか。少なくとも言えるのは、新しく、かつ懐かしい本になったことである。

ついでに一つ触れておきたい。『『ボヴァリー夫人』論』を上梓した蓮實重彥のことである。テクスト論に魅力を感じていた若い私は、最初に読んだ『批評あるいは仮死の祭典』（せりか書房）に魅了され、次々に出る著書を読んだ。日本では、そのころ最も魅力を感じた書き手だった。そのころ、というのは曖昧な言い方だが、いつごろかと言えば、同じ仏文畑でこれほど面白く読んでいると、これから批評をやる自分が自分でなくなってしまう、と思ったころである。そう感じた私は、その瞬間から蓮實重彥の本を読むのをやめた。若い私には、読みつづけても、自分でいられる自信がなかったのだろう。影響の圏域から出なければならない、と思ったようだ。だいぶしてから（おそらく自分の本を出してからくらいか）、雑誌に出たものはときにぱらぱら斜め読みしたものの、本は二十年以上読まなかった。大病をしてから、そんな思いも消えて、また読むようになった。そうして、私にとっては批評よりフランス語を鍛えてくれたジャン＝ピエール・リシャールを訳しておきたくなって、『フローベールにおけるフォルムの創造』（水声社）を訳し、それとともに、若いときの蓮實重彥体験を書いておきたくなり、その「あとがき」にしたためたのだ。

しかし、主題論批評(テマティスム)について、どうしても言っておきたいことがある。ひさびさに再会した若い私は、ずっと言いたかったようだ。テクスト論者から見た主題論批判(テマティスム)である。テマティスムが「＊＊的存在」というのは歓迎である。参照する対象が、扱う作家の書き残したすべてのものになるだけだから何の問題もない。ただし、その批評方法が物質の想像力に依拠することで、個々のテクストを介在させることなく、その物質が物質であることだけで、ある種の想像性や意味を取り出してくる。テクストのなかでどのように表象され、どのような意味を付与されているかを見ずに、テクスト外で共有しうるイメージを批評に持ち込むのだ。今回、リシャールのフローベール論に認められる同様の趨勢については、一章を割いて、批判した。と同時に、蓮實重彥の『『ボヴァリー夫人』論』のなかの、最もテマティスムの影響が残る「塵埃と頭髪」の章についても、同じ趣旨から批判した。「テクスト的な現実」を前面に出すその著書において、その一章がことのほか「テクスト外的な」視点を抱えているからである。矛盾じたいがいけないというつもりはないが、この著書が「テクスト的な現実」をあまりに声高に(若いテクスト論者の私はそう感じたようだ)称揚する以上、矛盾を指摘したほうがよい、と思ったのだ。『ボヴァリー夫人』は、私のうちにじつに若いテクスト論者を呼び起こしてくれた。この若い私は、テマティスムに魅了される一方で、その欠点をこの際はっきり言っておこうと判断したようだ。

相変わらず、率直である。
　ともあれ、本書の第一稿（四百字詰で二百五十枚ほど）ができるまで、せりか書房には何も言わず、これが書きあがった三月末には、『ボヴァリー夫人』の翻訳が五月末に出ることが決まってしまい、できるなら翻訳と同時期に刊行したいと書き上げたデータを船橋純一郎氏に送ったのだった。無理を承知で、翻訳が書店に並ぶ六月に刊行したいと希望を伝えたのが、手帳を見ると、四月十日である。そしてその二百五十枚を、三百五十枚ほどに、この五月の黄金週間で書き直した。書き手のわがままに付き合ってもらい、じつに有り難く（かたじけない、と言う言葉を思い出した）、またこれほどその応諾を頼もしく感じたことはない。どのように礼をつくしても、つくしきれないことを承知しているが、それでも若いテクスト論者の私ともども心からの感謝の思いを、せりか書房社長の船橋純一郎氏に捧げる。また、フランスに留学中だった森井良氏には、入手しにくい資料を短い時間で用意していただき、山崎敦氏には、フローベールの草稿についての丹念なアドバイスをいただいた。あわせて感謝したい。

二〇一五年五月七日

芳川泰久

著者紹介

芳川泰久（よしかわ・やすひさ）

1951年、埼玉県生まれ。早稲田大学大学院後期博士課程修了。早稲田大学文学学術院教授（フランス文学、文芸評論）。専門は、バルザック、ヌーヴェル・クリティック、テクスト論。著書に『闘う小説家　バルザック』（せりか書房）、『金井美恵子の想像的世界』（水声社）、『村上春樹とハルキムラカミ－精神分析する作家』（ミネルヴァ書房）、『謎とき『失われた時を求めて』』（新潮社）、小説集『歓待』（水声社）、翻訳にクロード・シモン『農耕詩』（白水社）、バルザック『サラジーヌ　他３篇』（岩波文庫）、『ゴプセック・毬打つ猫の店』（岩波文庫）、ジャン＝ピエール・リシャール『フローベールにおけるフォルムの創造』（山崎敦と共訳、水声社）、ギュスターヴ・フローベール『ボヴァリー夫人』（新潮文庫）、マルセル・プルースト『失われた時を求めて　全一冊』（角田光代と共編訳、新潮社）など多数。

『ボヴァリー夫人』をごく私的に読む――自由間接話法とテクスト契約

2015年7月8日　第1刷発行

著　者　芳川泰久
発行者　船橋純一郎
発行所　株式会社 せりか書房
　　　　東京都千代田区猿楽町 1-3-11 大津ビル 1F
　　　　電話 03-3291-4676　振替 00150-6-143601　http://www.serica.co.jp
印　刷　シナノ書籍印刷株式会社
装　幀　工藤強勝

ISBN978-4-7967-0343-7